과학 × 추리 서바이벌

수상한 졸업여행

수상한 졸업여행

초판 1쇄	2019년 1월 21일
초판 6쇄	2023년 9월 25일

지은이	윤자영
그린이	이경석

책임편집	양선화
마케팅	강백산, 강지연
디자인	이정화

펴낸이	이재일
펴낸곳	토토북
주소	04034 서울시 마포구 양화로11길 18, 3층 (서교동, 원오빌딩)
전화	02-332-6255
팩스	02-6919-2854
홈페이지	www.totobook.com
전자우편	totobooks@hanmail.net
출판등록	2002년 5월 30일 제10-2394호
ISBN	978-89-6496-397-5 43810

과학×추리 서바이벌

수상한 졸업여행

윤자영 지음 x 이경석 그림

팀

차례

모든 것을 빨아들이는 블랙홀이 있다면,
빨아들였던 모든 것을 다시 내보내는 화이트홀도 있을 것이다.

— 스티븐 호킹

1장

대왕 똥의
습격

꺄 악~

한 여학생의 날카로운 비명 소리가 학교 복도를 따라 퍼져 나갔다. A중학교의 평화로웠던 아침 시간은 어수선하게 변했다.

비명 소리가 터져 나온 곳은 3학년 6반 교실 옆 여학생 화장실이었다. 화장실 앞은 소리를 듣고 달려온 학생들로 금세 북적댔다.

비명을 지른 여학생은 두 손으로 입을 막은 채 가장 안쪽 칸을 바라보고 있었다. 시체라도 있는 걸까? 웅성거리는 학생들 뒤쪽에서 소프라노 톤의 목소리가 들렸다.

"야, 남자들 저리 안 가? 여긴 여자 화장실이라고."

무리를 헤치고 들어오는 여학생은 3학년 6반 반장 송예슬이다. 항상 솔선수범하는 전형적인 반장 스타일.

예슬은 화장실로 들어가 얼어 있는 여학생의 양어깨를 감쌌다. 그리고 화장실 칸 안쪽을 보더니 눈을 찌푸렸다. 예슬은 여학생을 부축해 나오며 소리쳤다.

"야, 누가 들어가서 변기 물 좀 내려라."

호기심 많은 남학생 몇 명이 눈동자를 반짝이며 화장실로 뛰어들어갔다.

"대박~"

"으, 냄새."

"우와~ 대왕 똥이다."

변기에는 보기에도 큼지막한 대변이 있었다. 어떻게 항문으로 나왔을지 궁금할 정도로 큰 변이었다.

아침 시간에 휴대폰을 제출하지 않았는지 한 남학생이 사진을 찍었다.

"자, 냄새 나니까 그만 보고 물 내리자고."

부반장 김용준이 물을 내렸다.

쏴~

아무리 큰 변이라도 강력한 물살 앞에서는 속수무책이었다. 슬슬 미끄러지며 안녕을 고하던 그때, 문제가 발생했다.

거대한 변이 똬리를 만들며 마지막 순간 걸려 버린 것이다. 대왕 변은 물길을 막고, 이윽고 변기 밖으로 넘쳐흐르기 시작했다.

화장실 안은 아비규환이 되었다. 학생들은 웃는 건지 놀란 건지 모를 괴상한 비명을 지르며 밖으로 뛰쳐나갔다. 화장실 밖으로까지 침범하지는 않았지만, 안쪽은 대왕 변의 부하들 같은 노란 변들이 군데군데 퍼져 있었다.

더 이상 화장실로 들어갈 수 있는 강심장은 없었다. 이때다 싶었는지 한 학생이 소리쳤다.

"이건 음모다!"

학생들이 소리를 따라 뒤쪽을 보자 '과학 탐정 삼총사'라 불리는 세 명의 남학생이 서 있었다. 삼총사의 리더 민경호, 그 뒤로 정창훈과 전영상이 각자 팔짱을 끼고 있었다. 사실 '과학 탐정 삼총사'는 본인들만의 주장이었고, 학생들은 그저 '과학충 삼총사'라고 불렀다. 리더 경호가 또박또박 말했다.

"저렇게 큰 똥은 존재하지 않아. 누군가 우리 반에 혼란을 일으키려고 찰흙 같은 것으로 만들었다고 할 수밖에 없지."

언제 왔는지 반장 예슬이 대꾸했다.

"너는 코도 없냐? 지금 똥 냄새 안 나니?"

반장 말에 뒤에서 팔짱을 끼고 있던 창훈이 앞으로 나섰다. 작은 키에 스포츠머리와 어울리지 않는 동그란 금테 안경을 끼고 있었다.

"똥 냄새도 어차피 유기물의 산물. 썩은 달걀과 황화수소, 암모니아 가스로 얼마든지 만들 수 있지."

창훈은 동그랗고 황금빛으로 빛나는 안경을 벗어 셔츠 자락으로 닦았다. 그러고는 자랑스러워하는 표정으로 안경을 다시 꼈다.

엉뚱한 주장과 이론에 반장은 어이가 없었지만 대꾸할 말이 떠오르지 않았다. 그러자 경호가 다시 말했다.

"반장 너는 걱정하지 마. 우리 과학 탐정 삼총사가 화장실을 탐색하고 이런 음모를 꾸민 자를 색출하겠다."

예슬은 화장실 안쪽을 손가락으로 가리켰다.

"넌 저기 똥 덩어리들이 안 보이니? 저길 들어가겠다고?"

삼총사의 마지막 멤버 전영상이 나설 차례다. 영상은 초등학교 5학년 때부터 복싱을 해서 몸이 길쭉하고 탄탄했다.

"원효 대사는 어두운 밤에 바가지에 담긴 물을 마시고 시원하다고 생각했지. 하지만 아침에 해골바가지인 것을 알고 구역질을 했어. 그러고는 깨달았지. 모든 것은 마음에서 오는 것! 똥도 된장이라 생각하면 아무 걱정 없이 들어갈 수 있어."

영상은 스님처럼 학생들을 향해 합장하고는 긴 다리로 성큼성큼 걸어갔다. 마치 백로가 물 위를 걷는 모습 같았다.

뒤를 이어 민경호, 정창훈이 따라 들어갔다. 화장실 안은 지독한 냄새로 가득했다. 둘은 인상을 찌푸리면서도 가장 안쪽 칸으로 들어갔다.

언제 가져왔는지 창훈의 손에는 돋보기가 들려 있었고, 경호의 손에는 수첩과 연필이 들려 있었다. 화장실 칸 밖에서는 팔짱을 낀 영상이 무표정으로 보고 있었다.

"먼저 진짜 똥인지 확인하려면 성분 분석을 해야 해."

창훈이 변기에 걸려 있는 변에 돋보기를 갖다 댔다. 옆에서 경호가 말했다.

"어때, 뭔가 특이 사항이 보여?"

"음…… 냄새나 모양새나 진짜 똥은 맞는 것 같은데."

무슨 중요한 이야기나 된다는 듯 경호는 수첩에 열심히 적었다.

"또 뭐 없어?"

"뒤져 보는 수밖에."

"뭐, 저걸 뒤진다고?"

창훈은 의미심장하게 미소 짓더니 주머니에서 나무젓가락을 꺼냈다. 그리고 자신도 힘든지 인상을 쓰면서도 변을 조심스레 뒤적였다.

경호도 가슴 주머니에서 똑딱이 카메라를 꺼냈다.

"오호 거기, 거기 봐. 대단한 증거물이 될 거야. 조금 더……"

민경호는 손에 든 카메라로 연신 변을 찍어 댔다. 그때 3학년 6반 담임 선생님의 가느다란 목소리가 들렸다.

"너희 뭐 하는 거야?"

삼총사는 대왕 변을 모두 조사한 터라 유유히 화장실 밖으로 나왔다. 담임 선생님은 수학을 포기하게 만드는 전형적인 수학 선생님이었다.

"아, 선생님, 음모입니다."

선생님은 오늘따라 머리가 부스스하고 힘이 없어 보였다. 선생님은 삼총사가 또 무슨 일을 벌이나 싶어 손으로 자기 이마를 짚었다.

"음모는 무슨 음모. 애들한테 모두 들었다. 너희는 저 똥이 더럽지도 않냐?"

"하하하, 더럽다니요. 사건이 있는 곳이라면 저희 과학 탐정 삼총사가 당연히 가야죠. 저희가 똥 테러를 저지른 범인을 반드시 색출하겠습니다."

선생님은 다 포기한 사람처럼 고개를 절레절레 흔들었다.

"왜 너희를 과학충 삼총사라고 부르는지 알겠다. 화장실은 더 이상 쑤시고 다니지 마."

"아니에요, 선생님. 저것 때문에 우리 반에 얼마나 큰 혼란이 야기되었는데요. 반드시……"

"그만!"

평소 힘없던 선생님에게서 내공이 깊은 무술 고단자의 사자후가 터져 나왔다.

"수업 시작 전 조례를 할 테니 빨리 교실로 들어갓!"

평소와는 다른 기백 있는 모습에 셋은 대꾸를 못하고 교실로 들어갔다. 담임 선생님이 말할 때마다 술 냄새가 났는데, 아버지가 술 취해서 들어온 다음 날과 같았다. 아마 숙취 때문에 기분이 좋지 않은 듯했다. 분명 어젯밤 절친 과학 선생님과 과음을 했을 것이다.

담임 선생님은 삼총사를 뒤따라 들어와 교탁에 섰다. 눈이 퀭하게 들어갔고, 어깨가 바람 빠진 풍선처럼 가라앉아 있었다. 선생님은 목소리를 쥐어짜 내듯 말했다.

"조례를 시작하겠습니다. 화장실은 청소 직원이 곧 출근하면 원상태로 돌려놓을 겁니다. 여학생들은 그때까지 아래층 화장실을 사용해 주세요. 그리고 다음 주에 갈 졸업여행 장소가 결정되었습니다."

선생님의 힘없는 목소리를 학생들의 환호성이 뒤덮었다.

"조용! 장소는 설악산. 여행에 들뜨지 말고, 학생의 본분을 잘 지키기 바랍니다. 이상 반장."

반장의 구령으로 인사를 마치고 담임 선생님이 나가자 경호는 삼총사에게 눈치를 보냈다. 삼총사는 서로 눈빛을 주고받고는 앞으로 나갔다. 아직 1교시 수업이 시작될 때까지 8분 정도 남아 있었다.

민경호가 교탁에 서고 양옆으로 전영상, 정창훈이 섰다. 경호는 손바닥으로 교탁을 탁탁 쳐서 학생들의 집중을 이끌어 냈다.

"하하하, 우리가 대왕 똥의 정체를 밝혀냈다."

한바탕 소동이 있었기 때문에 학생들은 삼총사의 말에 귀 기울였다.

"우리는 처음에 누군가 우리 반의 혼란을 목적으로 가짜 똥을 만들지 않았을까 의심했지. 하지만 확인 결과 똥은 진짜였다."

예슬이 일어서 말했다.

"똥이 똥이라는 걸 발견했다는 거야? 그래서, 누구 똥인데?"

"흐흐흐, 똥에서 소화되지 못한 야채들이 발견됐지."

여학생들이 인상을 찌푸리며 야유를 보냈다.

"더러워. 자꾸 똥, 똥. 더러우니 이제 똥 이야기는 그만해!"

학생들이 동요하자 옆에 있던 창훈이 앞으로 한 발 나왔다. 동그란 금테 안경을 손가락으로 밀어 올려 고쳐 썼다.

"소화되지 않은 음식은 매우 중요한 단서가 되지."

삼총사의 말에는 묘한 매력이 있어 학생들은 어느새 삼총사의 말을 듣고 있었다.

"소화란 무엇이냐? 우리가 먹는 음식은 신체가 활동할 수 있도록 에너지원이 되어 주지. 모두 배웠다시피 에너지를 낼 수 있는 음식을 3대 영양소라고 한다. 바로 탄수화물, 단백질, 지방이야."

과학을 좋아하는 창훈은 다른 공부는 못했지만 유독 과학만은 항상 100점이었다.

"소화란 참 신기해. 우리는 위에서 소화가 일어나는 줄 알지. 하지만 소화는 대부분 작은창자에서 일어나. 먼저 입에서는 침에 들어 있는 아밀레이스에 의해 탄수화물이 엿당으로 소화되고, 위에서는 펩신에 의해 단백질이 일부 소화되지. 하지만 소화는 아직 멀었어. 위에서 십이지장으로 넘어온 음식은 이자에서 만든 이자액에 의해서……"

더 이상 못 들어 주겠는지 반장이 말을 끊었다.

"알아. 안다고. 이자액에 의해 3대 영양소가 모두 소화되잖아. 근데 그게 저 대왕 똥과 무슨 상관이냐고!"

창훈이 다시 손가락으로 금테 안경을 올렸다. 그리고 집게손가락을 앞으로 뻗었다. 교실에는 팽팽한 긴장감이 흘렀다.

"소화되지 않은 야채는 숙주나물과 고사리였어. 대왕 똥의 주인은 어제 육개장을 먹은 것으로 추정돼."

학생들은 고개를 절레절레 흔들었다. 반장이 날카로운 목소리로 다시 말했다.

"그러니까 육개장을 먹었다고 치고, 저 대왕 똥의 주인은 누구냐니까?"

"그건 모르지. 이제부터 찾아볼 거야."

그때 교실 뒤쪽에서 필통이 날아왔다. 포물선을 그린 필통이 경호의 얼굴을 강타하려는 찰나, 운동 신경이 좋은 영상이 손을 뻗어 필통을 잡아챘다.

필통을 던진 사람은 맨 뒷자리의 오경일이었다. 경일은 선생님도 못 말리는 날라리, 학교 짱이었다.

"빨리 안 찌그러질래? 더러워서 못 자겠네, 진짜."

경일의 말에 교실 분위기가 썰렁해졌다. 경호가 영상의 귀에 대고 속삭였다.

"영상아, 너 경일이 정도는 이길 수 있잖아?"

"폭력은 폭력을 부를 뿐. 수업 시작할 때 되었으니 들어가자."

영상은 작년까지 청소년 복싱 대표였다. 작년 여름 시합 중 영상이 뻗은 스트레이트에 상대방 선수 광대뼈가 함몰되었다. 복싱 경기에서 이 정도 부상이야 흔했지만 운이 없게도 뼛조각이 눈으로 넘어가는 바람에 상대 선수는 한쪽 눈을 실명하고 말았다. 영상은 그 선수와 함께 복싱을 그만두었다.

수업이 끝난 뒤 삼총사는 운동장 한쪽 미루나무 아래 모였다. 삼총사가 애용하는 회의 장소였다. 경호는 대왕 변의 주인을 찾기 위한 추리를 시작했다.

"얘들아. 아까 똥이 얼마나 큰지 다들 봤지. 애들 것이 아니야. 분명 성인의 것으로 추리할 수 있어. 다른 의견 있는 사람?"

창훈이 뭔가 생각났는지 손가락을 하나 펼쳤다.

"아까 말했듯이 똥에서 소화되지 않은 고사리와 숙주나물이 보였어. 범인은 어제 마지막 음식으로 육개장을 먹은 사람이라고."

별것도 아닌 말에 경호는 고개를 끄덕였다.

"음, 그렇군. 영상아, 넌 뭐 알아낸 것 없어?"

영상은 무언가 상상하다가 고개를 가로저었다.

"그럴 리가 없겠지. 설마……"

"왜 그래? 뭔가 생각난 거야?"

"그냥 너희 의견을 종합해 본다면 대왕 똥은 성인 것이고, 아침에 발견했다면 어젯밤 학교에 있었던 사람이 범인이라는 얘기잖아. 오늘 담탱이는 머리도 안 감았는지 까치집이 그대로 있었어. 술에 취해 어제 학교에서 잔 거야."

경호는 영상의 말을 잠시 곱씹는가 싶더니 갑자기 동공이 커졌다.

"영상이 말이 일리가 있어. 담탱이는 우리가 대왕 똥을 조사하겠다고 하자 평소와는 다르게 불같이 화를 냈어."

경호는 오른팔로 턱을 괴고 생각을 이어 갔다.

"우리 반 복도를 비추는 CCTV를 확인하면 되는데…… 우리가 보여 달라고 해서 보여 주는 것도 아니고……"

경호가 창훈을 보며 상황극 말투로 물었다.

"과학 박사. 오늘 아침 대왕 똥에서 왜 고사리와 숙주나물은 소화되지 않은 채로 발견됐는가?"

자주 있었던 일인 듯 창훈은 오른손을 이마에 올려붙이며 경례했다.

"넵! 식물의 세포벽은 셀룰로오스 성분으로 되어 있는데 인간은 소화시키지 못하죠. 아마 담탱이가 씹지도 않고 삼키기도 했겠지만, 술에 취해 소화 기관들도 제 기능을 하지 못한 것으로 추정됩니다. 저희 아버지도 술 마신 다음 날에는 설사를 하곤 합니다."

경호는 창훈에게 엄지손가락을 들어 보이고는 영상을 보며 말했다.

"좋아. 이제 철학 박사! 우리의 다음 미션을 말해 주게."

"어제 담탱이와 같이 술 마신 과학 쌤을 찾아가서 육개장을 정말로 먹었는지 확인해야 합니다."

"좋아, 역시 우수하군. 제군들, 아직 선생님들 퇴근 시간 전이니 과학실로 가 보자고."

과학 선생님은 담임 선생님과 단짝이었다. 둘 다 하루가 멀다 하고 술을 마셔 댔다. 실험실 안을 들여다보니 과학 선생님이 실험 테이블을 정리하고 있었다.

창훈이 먼저 다가갔다.

"과학 쌤."

과학 선생님은 삼총사를 보고 미소를 지었다.

"창훈이 왔구나. 오늘도 무슨 질문이 있니?"

창훈은 두 친구에게 눈짓을 보냈다. 삼총사는 오랜 친구여서 눈 짓만으로 무엇을 해야 할지 알았다. 질문은 자신이 할 테니 과학 선생님이 하고 있었던 뒷정리를 하라는 것이었다. 영상이 걸레를 들고 테이블을 훔치며 말했다.

"아이고 선생님. 이런 힘든 일은 애들 시키시라니까요. 어제 무리도 하신 것 같은데."

과학 선생님은 어른 흉내를 내는 영상이 재미있는지 소리 내어 웃었다.

"하하하, 영상이는 애늙은이 같다니까."

"선생님. 저희도 벌써 열여섯 살이에요. 옛날이었으면 자식도 낳았어요."

분위기가 갖춰졌다고 생각했는지 창훈이 과학 질문으로 말을 돌렸다.

"쌤. 소화에 대해 궁금한 것이 있어요. 음식물이 들어오면 위는 어떻게 알고 펩신을 분비하죠?"

과학 선생님의 얼굴이 밝아졌다. 긴 이야기를 하려는지 실험 의자 하나를 빼서 앉았다.

"벌써 거기까지 예습한 거야? 고등학교에서 배울 내용인데, 간단히 말하자면 가스트린이란 호르몬 때문이란다."

처음 듣는 이야기에 창훈의 눈썹이 올라갔다.

"소화에 호르몬이 작용한다고요?"

"그래. 소화 중인 개의 혈액을 뽑아 공복인 개에게 주입했더니 공복인 개의 위에서 펩신이 분비되었지."

"오호, 재미있네요."

창훈은 소화에 대해 더 듣고 싶었지만 경호가 콧구멍을 벌렁거리며 신호를 보내고 있었다.

"쌤. 어제 저희 담임 쌤과 한잔하셨죠?"

"허허. 그래. 뭐 둘이 친하다 보니 자주 마시지. 너희는 술 안 마시지?"

"그럼요. 근데, 어른들은 무슨 안주를 좋아하나요? 이를테면 육개장이 안주로 적당한가요?"

과학 선생님은 이야기를 마치려는지 시계를 보고는 자리에서 일어났다.

"쓸데없는 소리. 이제 집에 가 보거라. 선생님도 퇴근 시간 됐다."

"어제 육개장을 드셨나요? 그것만 알려 주세요."

과학 선생님은 귀찮아하는 눈빛으로 창훈을 보았다.

"먹었다. 육개장은 술 다 마시고 집에 들어가기 전에 해장국으로 먹는 거야. 이제 가 봐라."

삼총사는 실험실을 나왔다. 이제 결정적인 증거를 찾은 셈이다. 경호는 두 친구를 보며 말했다.

"대왕 똥. 담탱이가 범인이었어."

"좋아. 담탱이를 찾아가자."

3학년 교무실 문을 열어 보니 모두 퇴근했는지 담임 선생님 혼자서 컴퓨터 화면을 보고 있었다.

"담임 쌤."

담임 선생님은 고개를 돌려 삼총사를 보더니 인상을 찌푸렸다. 골치 아픈 악당이라도 만난 표정이었다.

"여태 집에 안 가고 학교에서 뭐 하나?"

큰 전투를 치르려는 듯 경호가 비장한 표정으로 말했다.

"잠시 중요한 얘기를 할 수 있을까요?"

그러면서 교무실 한쪽에 있는 상담 테이블을 바라봤다. 담임 선생님은 벽에 걸려 있는 시계를 보더니 턱짓으로 테이블을 가리켰다.

"좋아. 10분 정도야."

담임 선생님 맞은편으로 삼총사가 나란히 앉았다. 경호가 먼저 말을 꺼냈다.

"선생님은 어제 과학 쌤과 술 마시고, 마지막에 육개장을 먹었습니다. 사실입니까?"

"그랬다."

경호가 팔꿈치로 영상을 툭툭 쳤다. 이번엔 영상이 물었다.

"선생님은 술 마시다 전철이 끊기면 학교 숙직실에서 자주 주무십니다. 어제도 그랬죠?"

"그런 것도 조사하고 다니냐?"

"뭐, 선생님이 답을 안 하셔도 아침마다 숙직실에서 부스스한 모습으로 나오는 걸 보면 쉽게 추정할 수 있습니다."

"재밌구나, 탐정 놀이."

"오늘 아침에 술 냄새가 심했는데 어제도 숙직실에서 주무신 것이 맞죠?"

담임 선생님은 다소 진지한 표정으로 말했다.

"난 집이 멀어서 가끔 숙직실에서 자는 거야. 교장 선생님도 허락하셨다고."

다음은 창훈 차례였다.

"오늘 아침 대왕 똥에서 소화되지 않은 고사리와 숙주나물이 발견되었습니다. 육개장 건더기로 추정됩니다."

담임 선생님은 말이 없었지만 얼굴이 점점 빨갛게 변했다. 경호는 기세를 잡았다고 생각하고는 마지막 일격을 날렸다.

"선생님. 똥은 아침 일찍 발견되었어요. 어젯밤 학교에 있었던 사람은 두 명! 바로 당직 기사님과 선생님이죠."

선생님의 얼굴이 빨개지다 못해 검게 변했다. 자신이 범인임을 얼굴색으로 고백하는 것이나 마찬가지였다. 선생님은 자리를 박차고 일어섰다.

"너희들! 선생님을 의심하는 거야?"

"선생님, 진정하세요. 저희 추리가 맞는지, 단지 그 사실을 알고 싶을 뿐이에요."

"장난이 지나치다. 선생님을 놀리다니 모두 교권 침해로 혼나 볼래?"

창훈과 영상은 경호에게 걱정스러운 눈빛을 보냈다. 그래도 경호는 침착했다.

"알겠습니다, 선생님. 그만 일어날게요. 하지만 저희는 대왕 똥의 주인을 꼭 찾고 싶어요. 제가 이대로 집으로 가 버린다면 궁금해서 잠을 못 잘 거예요. 그러면 어머니께 대왕 똥 이야기를 하고, CCTV 확인 민원을 내 달라고 할 수밖에 없어요. 우리 반 복도 CCTV를 확인하면 누가 화장실에 들어갔는지 금방 알 수 있겠죠."

경호의 결정타에 담임 선생님은 의자로 털썩 무너졌다. 어깨도 축 처진 모습이 모든 것을 체념한 듯했다. 잠시 그렇게 앉아 있더니 작게 입술을 움직였다.

"그래. 그 변은 선생님 거다. 어제는 과학 선생님과 새벽 두 시까지 술 마시고 숙직실에 들어와서 잤어. 원래 변비가 조금 있는데 어제 무리하게 먹고 마셨더니 묵혀 있던 변이 한 번에 나온 거야. 아직 취기도 남아 있었고, 그냥 빨리 내보내야 한다는 생각에 급히 들어갔는데 여학생 화장실이었을 줄이야."

삼총사는 선생님의 말을 가만히 듣고 있었다. 담임 선생님은 고개를 들어 삼총사를 보았다.

"미안하다. 비밀로 해 줄 수 없겠니? 그러면 앞으로 술 끊도록 해 볼게."

잠시 침묵이 흘렀다. 경호가 갑자기 웃으며 일어섰다.

"하하하, 역시 우리 과학 탐정 삼총사의 추리가 맞았어. 쌤. 우리는 궁금증이 해결되었으니 됐어요. 당연히 비밀로 해 드려야죠."

창훈이 담임 선생님의 손을 잡았다.

"쌤이 제자에게 미안하다니요. 무슨 미안할 만한 일을 하셨나요?"

영상은 자리에서 일어서 선생님의 어깨에 손을 올렸다.

"선생님, 술을 끊다니요. 인생의 쓴맛을 소주의 쓴맛으로 눌러야지 그 좋은 것을 왜 끊어요."

담임 선생님은 어리둥절해 하다가 이내 허탈한 얼굴로 바뀌었다.

"이 녀석들, 선생님을 놀려?"

이렇게 과학 탐정 삼총사에 의해 대왕 변 사건은 해결되었다. 삼총사는 정말로 학생들에게 범인을 말하지 않았다. 그리고 담임 선생님은 술 대신 육개장을 끊었다.

2장

졸업여행을
가다

운동장에는 흥분 어린 얼굴의 학생들이 바글바글했다. 오늘만은 지각하는 학생이 없었다. 졸업여행의 목적지는 설악산, 2박 3일의 이번 여행은 중학교를 졸업하기 전 마지막 추억이 될 것이다. 여름을 지나 가을로 넘어가는 시기였지만, 늦더위와 내리쬐는 햇살 때문에 땀이 삐질삐질 솟아났다. 그럼에도 설레는 마음에 학생들의 얼굴에서는 미소가 떠나지 않았다. 삼총사도 마찬가지였다. 경호가 두 친구들을 둘러보며 말했다.

"제군들, 준비는 철저히 했는가?"

창훈이 자신의 몸집보다 큰 배낭을 열었다. 잡동사니를 가득 넣어 둔 창고 같았다.

"여기를 보시라. 모든 과학적 문제 상황에 대응하고자 준비했다네. 돋보기, 쌍안경, 지문 채취 키트, BTB 용액, 건전지, LED 전구……"

"오케이 거기까지. 과학 박사의 과학 실험 세트 좋았어. 다음 영상이."

경호가 창훈의 설명을 끊으며 말했다. 영상은 자신이 메고 있던 가방을 바닥에 내리고 열어 보였다. 가방 안에는 만화책이 가득 들어 있었다.

"원피스 풀세트야. 그동안 모아 둔 용돈을 모두 투자했지. 밤새도록 읽자고."

"우와~"

"짱이다."

창훈이 당장이라도 읽으려는 듯이 만화책을 꺼내려고 했지만 경호가 말렸다.

"창훈아. 우리의 밤은 길어. 즐거움은 나중으로 미루자고. 좋아, 만화책을 밤새서 읽으려면 간식이 필요하겠지? 난 음식을 가득 싸 왔다네."

경호는 자신이 메고 있는 배낭을 흔들었다. 셋은 하이파이브를 했다. 2학년 때 수학여행을 가지 않았던 터라 졸업여행에 대한 기대감은 더욱 커져만 갔다.

앞에서 분주하게 뛰어다니면서 출석 체크를 하던 담임 선생님이 학생들에게 소리쳤다.

"3학년 6반 30명 모두 왔구나. 자, 그럼 출발할 테니 뒤쪽 관광버스 6호차에 타라."

선생님의 지시에 학생들은 한 명 한 명 버스에 올라탔다. 삼총사가 차에 오르자 언제 탔는지 오경일 패거리가 맨 뒷자리를 차지하고 있었다. 경호는 날라리들은 왜 맨 뒷자리를 선호할까 잠시 생각했지만 학생들이 밀려들어 와 중간 좌석으로 들어갔다. 운동장의 모든 학생들이 탑승하자 버스는 목적지로 출발했다. 정문에서는 대머리 교장 선생님이 손을 흔들며 배웅했다.

버스가 출발하자마자 학생들은 옆자리 친구와 쉴 새 없이 조잘대거나 휴대폰으로 게임을 하거나 창밖을 보며 괜한 환호성을 질렀다.

이번 졸업여행의 테마는 '우리나라의 아름다운 자연과 하나 되기'였다. 목적지는 설악산이었고, 가는 동안에도 아름다운 산을 관찰하기 위해 태백산맥을 넘을 때 고속도로 대신 진고개를 거치기로 되어 있었다.

두 시간여를 달린 버스가 드디어 진고개에 접어들었다. 버스가 크렁크렁 소리를 내며 구불구불 좁은 도로를 올라갈 때, 학생들의 환호는 더욱 높아져 갔다. 급커브를 돌자 학생들의 몸은 일제히 이리저리 흔들렸다. 옆은 낭떠러지였지만 학생들은 놀이 기구를 타는 듯 즐거운 표정이었다.

버스가 거의 정상에 도달했을 때, 반대쪽 도로에서 빨간색 스포츠카가 굉음을 내면서 달려왔다. 스포츠카는 커브를 돌다 원심력을 이기지 못했는지 중앙선을 침범하고 말았다. 버스 운전사는 충돌을 피하기 위하여 반사적으로 핸들을 돌렸고, 버스는 스포츠카와의 충돌은 피했지만 반대쪽 안전 펜스를 뚫고 넘어갔다. 버스가 산비탈을 서서히 미끄러져 내려가자 학생들의 환호가 비명으로 바뀌었다. 맨 앞자리의 담임 선생님이 다급하게 뒤쪽을 향해 소리쳤다.

"다들 어디든 꽉 잡아!"

브레이크가 말을 듣지 않는지 버스는 산비탈을 빠르게 내려가기 시작했다. 이윽고 비탈은 끝이 나고 버스는 허공으로 날았다.

학생들의 비명 소리가 낭떠러지 계곡을 울렸다.

3학년 6반 버스는 어느 해안에 서 있었다. 마치 타임머신을 타고 이동한 것처럼 버스 외관이 멀쩡했다.

버스 안 학생들은 모두 정신을 잃었는지 자신의 자리에서 고개를 떨구고 있었다. 잠시 후 신음 소리를 내며 하나둘 정신을 차렸다. 버스만큼이나 학생들도 다친 데가 없어 보였다.

삼총사 중에서 운동 신경이 가장 뛰어난 영상이 먼저 일어났다. 영상은 우선 옆자리의 경호를 흔들어 깨웠다.

"경호야! 경호야, 일어나 봐."

머리가 아픈지 경호는 인상을 찌푸리며 일어났다.

"으으윽, 여기가 어디지?"

"그건 알 수 없어. 어서 창훈이 깨워 봐."

경호는 통로 건너편의 창훈을 흔들었다.

"창훈아, 창훈아."

"여기가 어디야? 우리가 죽어서 천국에 왔나?"

경호는 헛소리를 하는 창훈의 볼을 세게 꼬집었다. 창훈은 짧게 악 소리를 냈다.

"아, 아파. 왜 꼬집고 그래?"

"아프다고? 그럼 꿈도 아니고 천국도 아닌 여기는 현실이라는 거야. 일단 밖을 봐. 바다가 있고, 버스는 모래사장 한가운데 있어."

창훈도 고개를 돌려 밖을 보았다. 눈을 한층 크게 뜨고 심각한 목소리로 말했다.

"도대체 어떻게 된 거지? 분명히 우리는 졸업여행을 가고 있었고, 버스는 낭떠러지로 떨어졌고……"

"밖에 나가 보자. 먼저 여기가 어딘지 알아야 할 것 같아."

그때 앞에서 예슬의 다급한 목소리가 들렸다.

"선생님, 정신 차려 보세요! 선생님!"

경호가 앞자리로 재빨리 달려갔다.

"반장, 왜 그래?"

"선생님이 다치셨나 봐. 정신을 못 차리시고, 머리에서 피가 나."

응급 상황이었다. 이럴 때는 어떻게 해야 하지? 경호는 눈을 감고 학교에서 배운 응급 처치를 기억해 냈다.

'기절해 있는 사람의 심장이 뛰고 있는지 확인할 것.'

경호는 자신의 귀를 선생님의 가슴에 갖다 댔다. 쿵, 쿵, 쿵, 소리가 들렸다.

"다행이야. 심장은 뛰고 있어."

반장이 선생님 머리를 가리키며 말했다.

"머리에서 피가 계속 흘러나와."

"일단 지혈을 해야겠는데…… 반장, 휴지 없어?"

경호의 말에 예슬은 자신의 가방을 뒤져 휴지를 꺼냈다.

"피 나는 곳을 강하게 누르고 있어. 그리고 무언가로 싸매야겠는데……"

경호가 영상을 바라보자 영상이 자신의 가방에서 수건을 하나 꺼냈다.

"나한테 가위가 있어."

창훈이 재빨리 가위를 꺼내 수건을 길게 잘랐다. 경호는 길게 자른 수건을 이용해서 예슬이 누르고 있는 휴지 위로 머리를 단단히 싸맸다.

"일단 응급 처치는 된 것 같아. 이제 안정을 취하도록 눕혀야겠는데."

경호가 뒷자리를 향해 소리쳤다.

"오경일, 서재원, 김경민! 선생님을 거기 눕혀야 해. 어서 너희 가방 치우고, 옆쪽으로 나와. 이왕이면 거들어 주고."

오경일 패거리는 이래라 저래라 하는 것이 마음에 들지 않는지 인상을 찌푸렸다.

"나에게 뭐 시킬 생각 마."

그러면서도 패거리는 각자 가방을 들고 뒷좌석을 비워 주었다. 경호는 주변 남학생들과 함께 선생님을 버스 맨 뒷자리로 조심히 옮겨 눕혔다.

일단 선생님 문제를 해결하자 반장이 다시 소리 높여 말했다.

"선생님이랑 우리 반 30명 모두 있는데 버스 운전사만 없어."

정말로 운전사만 보이지 않았다. 경일이 비꼬는 투로 말했다.

"사고 내고 무서우니 도망갔겠지."

예슬이 경일의 말에 반박했다.

"너는 이게 사고라고 생각하니? 우리는 분명히 낭떠러지로 떨어졌어. 그런데 여기는 어딘지도 모를 해변의 모래밭이고, 선생님을 제외한 어떤 학생도 다치지 않았어."

학급에서 유일하게 경일에게 대항할 수 있는 건 역시 예슬뿐이었다.

"흥. 그럼 너는 버스가 무슨 공간 이동이라도 했다는 거야?"

"이제 알아봐야지."

예슬은 주머니에서 휴대폰을 꺼내 보고는 이내 높이 들었다.

"내 휴대폰은 통화권 이탈이야. 누구 휴대폰 터지는 사람 있어?"

학생들은 자신의 휴대폰을 꺼내 보았지만 모두 마찬가지인지 손을 드는 학생은 없었다. 깨어나지 못한 선생님 대신 반장이 학생들에게 지시를 시작했다.

"휴대폰이 안 터지니 구조대가 오길 기다려야 해. 상황이 어떻게 변할지 모르니 일단 남자들은 버스 바깥을 조사해 줘. 여자들은 버스 안을 정리하고, 선생님을 돌볼게."

창훈이 버스 맨 앞 좌석 아래에서 출입문을 수동으로 조종하는 장치를 발견하고는 문을 열었다. 남학생들은 일제히 밖으로 나갔다.

밖은 한여름의 해안처럼 숨이 턱 막혔다. 긴 팔을 입고 있던 학생들은 웃옷 한 겹을 벗었다. 강한 햇살에도 바닷가라 습도가 높았고 몸이 금세 끈적끈적해졌다.

버스가 있는 모래밭 뒤쪽으로 숲이 우거져 있었고, 해안선 왼쪽으로는 바위들이, 오른쪽으로는 끝이 보이지 않는 모래 해안이 펼쳐져 있었다.

부반장 김용준을 중심으로 남학생들이 모였다.

"일단 구역을 나누고 몇 명씩 흩어져 조사해 보자. 구역을 어떻게 나누면 좋을까?"

"좋아, 우리는 저쪽으로 가지."

경일이 나서서 해변 왼쪽 바위들을 가리켰다. 바위 그늘에서 쉬겠다는 심보임이 분명해 보였다. 하지만 용준은 오경일 패거리에게 대항하지 못했다. 패거리는 학생들의 대답도 듣지 않고 바위 쪽으로 걸어갔다. 용준은 남은 학생들에게 말했다.

"그럼 열두 명이 남았으니 세 명씩 네 팀으로 나누자. 뒤쪽 숲속이 넓으니 세 팀이 가고, 한 팀은 오른쪽 해변을 조사하면 될 것 같아."

더운 날씨에 손바닥만 한 그늘도 없는 해변이 가장 힘들어 보였다. 용준이 삼총사를 보며 말했다.

"너희 삼총사가 한 팀이 될 거지?"

"당연하지."

"그럼 너희가 해변을 맡아 줄래?"

경호가 발끈해서 물었다.

"왜 우리가 해변을 맡아야 하지?"

"일단 너희가 팀이 확실하니 해변을 맡아 달라는 거야. 뒤쪽 숲속은 넓으니 남은 애들끼리 더 자세한 계획을 짜야 한다고."

경호가 더 반박하려 할 때, 창훈이 경호에게 의미심장한 눈빛을 보내며 말렸다.

"됐어. 경호야, 우리가 해변을 맡자."

경호는 창훈이 보내는 눈빛의 의미를 알지 못했지만 무슨 생각이 있을 거라 믿고 받아들였다. 창훈은 남아 있는 남학생들에게 말했다.

"덥더라도 숲속으로 갈 때는 꼭 긴팔을 입어야 해."

용준이 물었다.

"그게 무슨 소리야?"

"여기가 정확히 어딘지 모르니 조심하자는 거야. 혹시 독을 가진 벌레가 있을지도 모르니까. 그리고 목마르다고 아무 물이나 절대 떠 마시지 말고."

삼총사는 해안을 따라 걸었다. 하늘 높이 태양이 이글이글 끓고 있었고, 날씨는 한여름처럼 더웠다. 창훈은 벌써 쌍안경을 꺼내 이리저리 살펴보고 있었다.

"창훈아, 뭔가 보이니? 내 눈에는 온통 바다와 모래만 보이는데."

창훈이 쌍안경을 내리고 말했다.

"마찬가지야. 쌍안경에도 바다와 모래뿐이야. 일단 저쪽 그늘에서 좀 쉬자."

창훈이 해변 뒤쪽의 숲속을 가리켰다. 삼총사는 가장 가까운 나무 그늘에 들어가 바닥에 앉았다. 가져온 생수로 목을 축인 뒤 창훈이 먼저 말을 꺼냈다.

"일단 여기가 정확히 어디인지 알아야 해."

"당연한 거 아니야? 우리가 출발할 때는 가을로 넘어가는 날씨였는데 여기는 열대 지방처럼 뜨거워. 그렇다면……"

"내 말은 그런 뜻이 아니야. 그것보다 더 확장해서 여기가 지구인가 하는 거야."

과학을 좋아하는 창훈은 원래 다소 엉뚱한 면이 있긴 했지만, 여기가 지구냐는 의문에는 경호와 영상도 할 말을 잃었다.

"뭐야. 왜 그런 눈으로 보는 거야? 우리가 타고 있던 버스는 산비탈을 내려와 낭떠러지를 날았어. 그런데 부서지지 않고 저렇게 모래밭에 안전하게 서 있잖아. 그 이유를 합리적으로 설명할 수 있는 사람 있어?"

창훈은 멀리 버스를 손가락으로 가리켰다.

"휴대폰은 모두 통화권 이탈이야. 그리고 아까 버스 라디오도 켜봤는데 아무런 신호도 잡히지 않았어. 과학적으로 설명할 수는 없지만 우리에게 어떤 일이 일어난 것이 분명해. 여기가 지구인지도 당연히 의심해 봐야 하는 거야."

창훈의 설명에 반박할 수 없었기 때문에, 경호와 영상도 조금 심각해졌다. 경호는 엉덩이 근처에 있는 자갈 하나를 들어 바다 쪽으로 던졌다. 자갈은 힘없이 모래밭에 박혔다.

"그럼 구조대는 없는 걸로 생각해야겠네?"

창훈은 고개를 끄덕였다.

"지구가 아니라는 말은 오버일지 몰라. 하지만 먼저 지구인지, 그리고 지구라면 우리 위치가 어디인지, 가령 열대 지방인지 대한민국인지는 알아볼 필요가 있어. 위도에 따라 계절이 결정되니까 생존에 반드시 필요한 거야."

경호가 사뭇 진지한 표정으로 창훈에게 물었다.

"좋아, 과학 박사. 정식으로 물을게. 여기 지구가 맞는 거야?"

"영화에서 많이 봤겠지만, 다른 행성에는 태양이나 달이 두 개지. 밤에 달이나 별자리를 봐야 정확하게 알겠지만 일단 저 태양의 크기를 보니 지구일 확률이 매우 커."

지구라는 말에 경호와 영상은 안도의 큰 숨을 내쉬었다. 경호는 창훈의 쌍안경을 들어 숲속을 바라봤다. 짐작한 것을 발견했는지 쌍안경을 떼며 말했다.

"날씨가 푹푹 찌고 숲에는 야자수가 있네. 여기는 적도 지방 어느 섬일 거야."

"오호. 부족하기는 하지만 경호 너도 드디어 과학적 사고를 시작했구나. 하지만 야자수는 우리나라 제주도 부근에서도 볼 수 있다고. 언젠가 가족하고 제주도 아래 있는 일본 규슈에 간 적 있는데 거기도 야자수가 많았고."

창훈의 말에 경호의 어깨가 축 처졌다.

"그럼 우리는 어딘지도 모를 곳에 갇혀 있어야 하는 거야?"

"아니야. 대충 위치는 파악할 수 있어. 좋아, 이 형님이 방법을 알려 주지. 모두 따라와 봐."

창훈은 해안으로 나가서 버려진 나뭇가지를 하나 주워서는 곁가지를 잘라 내고 모래 더미에 꽂았다. 모래밭에 세워진 나뭇가지에 태양빛이 내리쬐어 그림자가 드리웠다. 창훈은 주머니에서 이어폰 줄을 꺼내 나뭇가지 꼭대기에 한쪽을 대고 나머지 한쪽은 그림자 끝에 댔다.

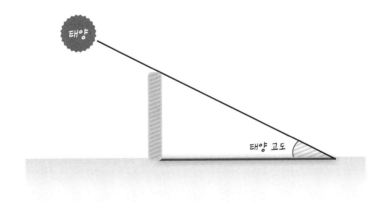

"이 그림자와 이어폰 줄이 이루는 각도가 현재 태양의 고도야. 영상아, 이 줄 좀 잡고 있어 줘."

창훈은 휴대폰으로 각도기 어플리케이션을 실행하고는 그림자에 가져다 댔다.

"어디 보자. 72도 정도 된다. 태양의 고도가 상당히 높아. 여기가 지구라면 이곳은 대한민국보다 위도가 낮은 곳이 아닌가 싶어."

"어째서?"

"좋아. 어려운 내용이 되겠지만 우리 생존이 걸린 문제니 이 과학 박사님이 자세히 설명해 주지. 잘 들어."

황금색 테의 동그란 안경은 창훈을 더욱 과학 박사처럼 보이게 했다. 창훈은 오른손 검지를 들며 질문했다.

"우리 지구의 자전축이 몇 도 기울어져 있지?"

그 정도는 쉽게 알겠다는 듯이 영상이 대답했다.

"23.5도야."

"딩동댕."

창훈은 다른 나뭇가지를 하나 주워서 깨끗한 모래밭에 태양과 지구 그림을 그렸다.

"대한민국은 북반구에 위치하고 있어. 북반구가 태양빛을 많이 받는 여기 B 지점이 여름이 되고, 반대쪽 D 지점에서는 겨울이 되는 거야. 여기까지는 이해돼?"

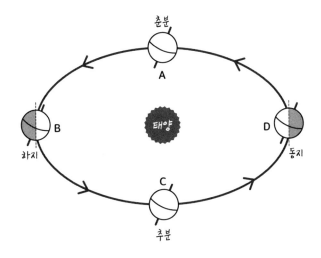

경호와 영상은 고개를 끄덕였다.

"38선 알지? 우리가 살고 있는 인천이 위도 38도 정도라면, 여름의 한가운데인 하지에 태양의 남중고도◆는 어떻게 될까?"

경호와 영상이 고개를 갸우뚱하자 창훈은 아까 그렸던 그림 옆에 다시 선을 슥슥 긋더니 또 다른 그림을 그렸다.

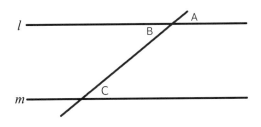

◆ **남중고도** 천체가 하늘의 가운데 있을 때 지표면과 천체가 이루는 각도.

"제군들, 이 그림을 봐. 중학교 1학년 수학 시간 때 배웠던 거야. 직선 *l*과 *m*이 평행일 때, 각 A, B, C의 크기는 모두 같아. 알고들 있지?"

영상이 고개를 끄덕이더니 말했다.

"각 A와 B는 맞꼭지각으로 같고, 각 A와 C는 동위각, 각 B와 C는 엇각으로 같지."

창훈이 영상을 향해 박수를 짝짝 쳤다.

"오, 영상이 너 보기보다 공부 열심히 했구나?"

"이 정도는 기본이라고."

창훈이는 그 옆에 세 번째 그림을 그렸다.

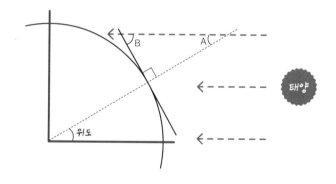

"태양 광선이 지구에 평행하게 도달한다고 가정하면, 위도와 각 A는 엇각으로 같지."

경호와 영상은 옆의 그림을 힐끗 보면서 고개를 끄덕였다.

"그리고 아까 시범을 보였다시피 태양의 그림자 끝과 나뭇가지 끝을 이은 선의 각 B는 태양의 고도가 돼. 그럼 각 B 즉, 고도는 어떻게 구할까? 삼각형 내각의 합은 180도이고, 나뭇가지는 수직(90도)으로 꽂혀 있으니 태양의 고도는 90도에서 위도(각 A)를 뺀 값이 되는 거야."

창훈은 다시 나뭇가지로 첫 번째 그림을 가리켰다.

"하지만 여기서 끝이 아니야. 그림에서 보는 것과 같이 지구의 자전축은 23.5도 기울어져 있기 때문에, 하지에는 23.5도를 더해 줘야 해. 물론 동지에는 23.5도를 빼 주면 되고."

창훈이는 모래밭을 칠판 삼아 남중고도를 구하는 식을 썼다.

여름철(하지) 태양의 남중고도 = 90 − 위도 + 23.5

겨울철(동지) 태양의 남중고도 = 90 − 위도 − 23.5

봄가을(춘분, 추분) 태양의 남중고도 = 90 − 위도

"여기서 문제. 하지에 인천에서 태양의 남중고도는 몇 도일까?"

수학 계산은 영상이 경호보다 조금 빨랐다. 영상은 오른손으로 허공의 버튼을 눌렀다.

"정답! 75.5도."

"딩동댕. 그럼 추분에서 태양의 남중고도는?"

"52도지."

"좋아. 아까 각도기로 태양의 남중고도를 측정했을 때, 72도 정도였지. 우리나라라면 한여름이 되겠지만 이곳은 주로 아열대 기후에 보이는 야자수가 있으니……."

경호가 걱정스러운 눈빛으로 말했다.

"그럼 결국 여기가 어디인지 알 수 없는 거야?"

"이것만으론 정확하지 않다는 거야. 하지만 밤이 되면 거의 정확한 위도를 측정할 수 있어."

"밤에? 어째서?"

"북극성! 북극성의 고도를 계산하면 현재 우리가 있는 곳의 위도를 정확히 알아낼 수 있거든."

창훈은 나뭇가지를 이용해서 가장 복잡한 네 번째 그림을 그렸다.

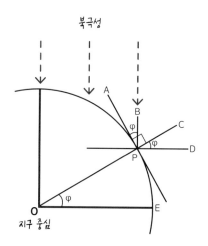

46

"으악, 완전 수학이잖아! 담임 선생님 깨워야 하는 거 아냐?"

"자, 겁먹지 말고 천천히 따라와 봐. E를 적도라고 하면, 각 POE는 위도(φ)지. p는 우리가 서 있는 지점, 선 A는 지표면, 북극에서 직각으로 내리꽂히는 이 점선이 바로 북극성의 빛이야. 그럼 각 APB가 곧 북극성의 고도가 되지.

"그래, 거기까지는 오케이."

"한편 각 CPD는 각 POE(즉, 위도)랑 동위각으로 같고, 각 APB(즉, 북극성 고도)와도 같으므로♦ 위도가 곧 북극성의 고도라 이 말씀."

"좋아, 과학 박사 창훈이가 그렇다면 그런 거겠지. 밤에 확실히 계산해 보자고. 지금은 저쪽 해안선에 무엇이 있나 조금 더 가 보자."

경호의 의견에 따라 삼총사는 해안을 따라 다시 걸었다. 이야기를 하며 천천히 걷긴 했지만 한 시간을 꼬박 걸었는데도 보이는 것은 끝없이 펼쳐진 바다와 숲뿐이었다. 얼마나 넓은지 해안선의 방향조차 거의 바뀌지 않았다. 경호가 둘을 불러 세웠다.

"이제 그만 가자. 지금 우리 속도라면 한 시간에 3km는 걸었을 텐데 태양의 방향이 바뀌지 않고 있어. 사람, 자동차, 심지어 하늘에 비행기 한 대도 안 보이네. 버스가 추락하며 무슨 일이 일어난 건 분명해. 다른 애들이 걱정할지도 모르니 이제 돌아가자."

♦ 각 BPC+각 CPD=각 BPC+각 APB. 여기서 양변의 공통 각 BPC를 소거하면, 각 CPD=각 APB.

창훈도 경호의 의견에 동의했다.

"맞아. 아직 선생님도 깨어나지 못했으니 당분간 우리 힘으로 살 각오를 해야 할 거야. 빨리 돌아가서 애들한테 우리 생각을 말하고 계획을 세우자."

영상이 몸을 돌려 돌아가려는 둘을 불러 세웠다. 표정이 심상치 않았다.

"왜 그래? 영상아. 표정이 왜 그렇게 어두워?"

"혹시 조난당한 게 무서워서 그래?"

영상은 둘의 얼굴을 빤히 바라보았다. 그리고 진지한 목소리로 말했다.

"우리는 어렸을 적부터 친구지?"

셋은 동네도 같고 초등학교 때부터 같이 지내 온 베스트프렌드였다. 부모님들까지 서로 알고 있을 정도였다.

"당연한 소리."

"왜 그런 말을 하는 거야?"

영상은 뜸을 한번 들이고 말했다.

"우리 셋은 무슨 일이 있더라도 서로 믿고 의지해야 해."

둘은 고개를 연신 끄덕였다.

"만약 너희 말대로 우리가 무인도 같은 곳으로 이동해 왔다면 앞으로 큰 혼란이 일어날 거야."

창훈이 놀라서 말했다.

"혼란이라니 무슨 말이야?"

"우리가 조난당했다면 당장 무엇이 필요할까 생각해 봐. 인간의 생존에 가장 필요한 의, 식, 주. 옷가지는 다들 여분을 가져왔을 테니 괜찮고, 당분간 버스에서 지낸다면 집도 해결돼. 하지만 먹을 것은 어떡하지?"

경호는 팔짱을 끼고 가만히 듣다가 고개를 끄덕였다.

"애들 모두 간식이나 먹을 것을 싸 왔으니 며칠은 버틸 수 있을 거야. 하지만 식량이 다 떨어지면 우리는 원초적 동물로 변할지도 몰라. 식량을 뺏으려고 폭력을 휘두르는 상황이 올지도 모른다는 거야."

창훈은 금테 안경을 벗어 자신의 옷으로 문질러 닦고 단단히 고쳐 쓰고는 말했다.

"만약 그렇다면 우리가 나서야지. 영상이 너는 우리가 서로를 믿으며 힘을 합치자고 말하고 싶은 거지?"

영상이 고개를 끄덕였다. 경호는 목소리에 힘을 실어 말했다.

"좋아. 우리 삼총사 무슨 일이 있어도 서로를 믿고 의지하자. 그런 의미로 파이팅 한번 할까?"

경호가 손을 앞으로 내밀었다. 창훈이 그 위에 손을 올리고, 그 위에 영상이 손을 올렸다.

"그럼 하나, 둘, 셋."

파이팅!

삼총사는 해안선을 따라 다시 버스로 돌아왔다. 버스 앞은 떠드는 소리로 소란스러웠다. 몇 무리로 나뉘어 말다툼을 하는 것 같았다. 삼총사를 발견하고 예슬이 다가왔다.

"마침 잘 왔어. 뭐 좀 물어보자."

무슨 이야기를 하고 있었는지 학생들의 시선이 삼총사에게 집중되었다.

"음식 문제로 의견이 나뉘었어. 난 우리가 구조될 때까지 각자 싸온 간식이나 음식을 모아서 공동으로 사용하자고 했어. 그리고 음식을 최소한으로 먹으면서 구조대가 올 때까지 버티자는 거지."

예슬은 역시 반장답게 공동체 생존을 생각하고 있었다. 일단 음식을 모으고 공동으로 사용한다면 다툼이 줄 것이기 때문이다. 경호가 뒤를 돌아보자 영상이 잠시 오라는 신호를 보냈다. 경호는 예슬에게 잠시 시간을 달라고 하고는 삼총사와 머리를 맞댔다.

경호가 학생들을 슬쩍 보더니 속삭였다.

"영상아, 왜 그래? 아까 우리도 음식 공유하기로 의견 모았었잖아."

영상도 눈치를 보면서 작게 말했다.

"다들 살기등등한 얼굴을 봐. 분명 음식을 많이 가져온 학생들과 가져오지 않은 학생들로 의견이 갈렸을 거야. 그 상황에 우리가 대뜸 음식을 공유하자고 하면 반대파는 어떻게 나올까? 아마 그대로 따르기 힘들걸. 만약 반대파가 앙심을 품는다면 더 큰 고난이 올

수도 있고."

역시 철학 박사 영상다웠다. 자기도 중학생이면서 어른 같은 소리를 한다.

"그럼 어떻게 하면 좋을까?"

"일단 민주주의는 회의에서 시작하지. 대화를 통해 모두가 의견을 말하고 들으면서 음식 문제를 해결해야 해."

경호는 영상에게 오케이 사인을 보내고 예슬에게 돌아왔다.

"반장. 현재 우리 상황이 많이 안 좋은 것 같아. 음식 문제는 가장 예민하니까 학급 전체 의견을 나누는 편이 좋겠어."

예슬도 잠시 생각을 하는 듯싶더니 고개를 끄덕였다.

"뭐…… 좋아."

예슬은 모여 있는 학생들을 향해 카랑카랑한 목소리로 외쳤다.

"장소가 좀 그렇긴 하지만 일단, 학급 회의를 하자. 햇빛이 따가우니 저기 나무 그늘로 모여."

학생들은 삼삼오오 나무 그늘로 들어가 앉았다. 삼총사도 적당한 곳에 자리를 잡았다. 경호는 앉아 있는 학생들을 대충 둘러봤다. 앉은 모습을 보니 학급에서 누가 누구랑 친한지 한눈에 보였다.

가장 눈에 띄는 그룹은 역시 오경일 무리였다. 가장 삐딱하고 위험한 그룹으로 섬에서 생존하는 데 가장 큰 위협 요소가 될 수도 있을 것이다. 선생님의 감시가 없어진 지 얼마 되지도 않았는데, 경일의 손에는 벌써 라이터가 들려 있었다. 경일은 라이터 휠을 손가락으로 탁탁 튕기며 불꽃을 냈다.

예슬은 학생들 가운데 우두머리처럼 꼿꼿이 선 채 이야기를 시작했다.

"지금 우리가 처한 상황이 긍정적이지는 않은 것 같아. 분명 우리는 태백산맥을 넘고 있었고, 그러다 사고가 났고, 낭떠러지로 추락했어. 그런데 눈을 떠 보니 여기였지. 버스는 부서져야 했는데 멀쩡하고, 선생님을 제외한 우리 모두 멀쩡해. 혹시 어떻게 여기로 오게 됐는지 봤거나 기억하는 사람 있니?"

예슬이 학생들을 둘러봤지만 모두 서로의 얼굴만 쳐다볼 뿐이었다.

"다들 마찬가지지? 단체로 최면술에라도 걸린 걸까. 아까 주변을 돌아다니다 무슨 단서라도 찾은 사람?

부반장 용준이 손을 들었다. 용준은 전교 1등에, 남학생 중에서는 가장 믿음직스럽다는 평가를 듣곤 했다. 예슬이 지목하자 용준이 자리에서 일어서 말했다.

"아까 몇몇 애들과 해안 반대편 숲속으로 들어가 봤어. 한참을 들어갔는데도 사람 흔적을 찾을 수 없었어. 보통 산속에 있는 등산로나 샛길도 없고, 과자 봉지 같은 쓰레기조차 없더라고. 산꼭대기에 올라가서 주변을 확인하고 싶었는데, 멀리서 괴상한 새소리랑 동물 울음소리가 들려서 더 이상 갈 수 없었어."

용준이 자리에 앉자 예슬이 말을 받았다.

"맞아. 이렇게 상황이 좋지 않아. 이런 단어를 써도 될지 모르겠지만, 말하자면 우리는 조난당한 거야."

'조난'이라는 말에 학생들이 불안한 표정으로 웅성거렸다. 예슬은 신경 쓰지 않고 삼총사를 보며 말했다.

"삼총사 너희는 아까 해안선을 따라 멀리 갔던 것 같은데 뭐라도 본 것 있어?"

경호가 양쪽에 앉아 있는 창훈, 영상과 눈빛을 주고받고는 자리에서 일어섰다.

"해안선을 따라 한 시간쯤 갔을 거야. 그러다 문득 깨달았어. 여긴 문명의 흔적을 찾아볼 수 없다는 걸. 바다에는 섬도 배 한 척도 보이지 않고, 심지어 하늘에 비행기 한 대 지나가지 않았으니까."

경호의 말에 학생들은 반사적으로 하늘을 올려다봤다. 하늘에는 하얀 뭉게구름만 드문드문 떠 있을 뿐이었다.

"반장이 말했듯이, 우리가 타고 있던 버스는 분명히 낭떠러지로 떨어지고 있었어. 그러니 시간적으로나 공간적으로나 어딘가로 순간 이동 했다고 봐야 해."

학생들의 웅성거림이 커졌다. 창훈이 금테 안경을 고쳐 쓰며 일어섰다.

"너희 버뮤다 삼각 지대라고 들어 봤어? 미국 플로리다 동부에서 수많은 배와 비행기가 실종되었어. 실종 원인에 대해 여러 가지설이 있는데, 그중에 4차원 공간 이동에 관한 설도 있지. 우리도 그렇게 시공간을 이동해서 왔을지도 모르는 일이야."

그때 뒤에서 비꼬는 목소리가 들려왔다. 경일이었다.

"하하하, 버뮤다 삼각 지대? 웃겨서 눈물이 날 지경이다."

경일의 오른팔 김경민과 왼팔 서재원도 경일을 따라 크게 웃었다.

"쟤네들은 저번에 학교에서 똥도 음모라고 하더니. 어쩜 저렇게
모자라냐?"

경일의 비난에 창훈의 얼굴이 달아올랐다. 창훈답지 않게 날카
로운 목소리로 대꾸했다.

"분명히 낭떠러지로 떨어졌다고! 휴대폰도 안 되고, 버스 라디오
를 켜 봤는데 어떤 주파수도 잡히지 않아. 앞으로 우리가 살아가려
면 여기가 어딘지부터 파악해야 해. 산속에는 야자수가 보이고, 태
양 고도는 매우 높아. 여기가 열대 지방인지, 온대 지방인지 알아
야 살아갈 계획을 세우든 말든 할 거 아냐?"

"이 새끼가 어디서 목소리를 높여. 안 찌그러져?"

괜한 분란을 일으키기 싫어 경호는 창훈의 손을 잡고 진정시켰
다. 경일은 삼총사가 앉는 모습을 확인하고는 모두를 향해 크게 소
리쳤다.

"우리가 위기에 빠졌다는 것에는 동의해. 그러니 회의 따윈 집어
치우고, 어서 식량 문제를 해결하자고."

예슬은 주변을 한번 둘러보고 말했다.

"일단 아까 말한 대로 구조대를 기다리든 어쨌든 간에 식량을 통

제해야 한다고 봐. 버스에는 저녁 간식으로 가져온 빵과 생수가 각각 60개씩 있어. 그리고 점심은 각자 도시락을 싸 오라고 했고, 거기에 간식을 가져온 사람도 있을 테니 모든 음식들을 모아서 공동으로 사용하자는 거야. 생존을 위해 음식을 절제하며 배식하는 거지."

짝! 짝! 짝!

경일이 옆에서 박수를 쳤다. 누가 봐도 과도한 액션이었다.

"크크크, 난 찬성이야. 역시 반장은 우수한 지도자라니까. 우리 모두 반장 말을 따르자고."

경일의 똘마니들도 박수를 치며 반장을 칭송했다. 하지만 대부분 학생들 표정은 떨떠름했다. 삼총사 옆에서 한 여학생이 작게 속삭였다.

"쟤네 패거리는 식량이랄 것이 하나도 없어. 담배랑 술만 사 왔으니 저렇게 나서서 음식을 공유하자는 거야. 난 저런 날라리들에게까지 음식을 줄 필요가 없다고 생각해. 안 그래?"

학생들 표정에 굴하지 않고 예슬은 강력한 어조로 말했다.

"지금은 위기 상황이고 선생님도 깨어나지 않았으니 반장인 내 말을 따라 줘. 난 우리 반 학생 모두 안전하게 집에 돌아가도록 하고 싶어."

평소 반장과 친한 여학생들 무리와 오경일 패거리만 음식 공유에 적극적으로 동의하고 있었다. 나머지 학생들은 불편한 얼굴로 불만을 쏟아 냈다. 경호는 창훈과 영상을 보며 작게 속삭였다.

"우리가 싸 온 음식을 모두 모아 봤자 이틀이면 없어질 거야. 더 큰 위기는 그다음이지. 사냥을 하든 낚시를 하든 그다음부터는 음식을 직접 구해야 해. 지금 음식 때문에 싸운다면 그때는 더 큰 싸움이 날 수 있어. 지금부터 우리 반 모두에게 음식은 공유해야 한다는 인상을 심는 게 좋겠어."

영상은 고개를 끄덕이더니 더 가까이 오라고 손짓했다. 경호와 창훈이 다가가자 영상은 주변을 한번 둘러보았다. 그러고는 더욱 작은 목소리로 말했다.

"오경일이 담배를 피우려고 라이터를 가져온 건 천만다행이야. 생존하는 데 불은 굉장히 중요하거든."

경호가 영상을 보며 대꾸했다.

"그러니까 영상이 너는 음식을 공유하는 대신 오경일 라이터도 공유하자는 이야기지?"

영상이 고개를 끄덕였다. 창훈도 밝아진 표정으로 말했다.

"오경일 패거리가 가지고 있는 술도 중요해. 알코올은 소독할 수 있는 중요한 약품이잖아. 병원도 비상약도 없는 이곳에서 상처가 나고 감염된다면 난감하지."

"좋아, 그렇다면 둘 중에 하나는 반드시 받아 내자고."

셋은 비장하게 고개를 끄덕였다. 경호가 자리에서 일어섰다. 학생들을 설득하기 위해서는 다소 강한 어투가 필요할 것 같아 일부러 목소리를 깔았다.

"모두 주목!"

떠들던 학생들의 시선이 경호에게 향했다.

"구조대가 오면 좋겠지만 현재로선 라디오, 휴대폰도 안 되고 있어. 우리는 최악의 상황까지 생각해 봐야 해. 일단 지금을 최악의 위기 상황이라고 가정하고 반장 말을 따르자."

군데군데 불평이 터졌다. 경호는 굴하지 않고 뒤쪽을 보며 소리쳤다.

"경일이 너도 위기 상황이라고 했으니 반장 말에 따라야 한다는데 동의하지?"

경일은 라이터를 만지작거리며 고개를 끄덕였다.

"좋아. 동의하면 네가 가지고 있는 라이터와 술을 내놔."

평소의 경일이었다면 화를 냈겠지만, 상황이 녹록지 않았다. 경일은 잠시 생각에 잠긴 듯 눈알을 굴리더니 자리에서 일어섰다. 꿍꿍이가 있는 듯 슬며시 웃고 있었다.

"그러네. 불은 나만 가지고 있구나."

경일도 단세포 생물은 아닌지 불의 중요성을 알아채고 만 것이다. 경일은 득의양양하게 말을 이었다.

"너희, 우리가 음식을 안 가져왔다고 그런 눈으로 본 거 다 기억해 두겠어. 음식 다 모아 봐야 기껏 3~4일밖에 못 버텨. 그 뒤에는 직접 음식을 구해야지."

경일은 라이터에 불을 붙이며 씨익 웃었다.

"이 불이 없다면 음식을 익힐 수 없다고. 그런데 말이야. 라이터는 음식이 아니니 공유할 수 없어."

오경일이 저렇게 똑똑했던가? 경일은 마치 유인원에서 순식간에 불을 사용하는 자바 원인으로 진화한 것만 같았다. 경호가 무슨 말을 할지 궁리하고 있는데 창훈이 일어섰다.

"라이터가 없어도 불을 붙일 방법은 얼마든지 있거든? 난 돋보기도 있고, 건전지도 여러 개 갖고 있어. 물론 이걸로 불을 붙이는 방법도 알지. 그러니 그렇게 유세 떨지 마."

"이 좆만 한 놈이 죽으려고 환장했나."

경호는 두 손을 들어 다가오려는 경일을 멈춰 세웠다.

"오케이, 알았어. 라이터는 네 소유로 인정할게. 대신 네가 가져온 술은 음식이니 내놔."

"술? 너희도 술 마실 줄 알아?"

"너희에겐 술일지 몰라도 알코올이 필요한 상황이 올지 몰라서 그래."

경일은 알아들은 듯한 표정을 짓더니 양옆의 경민과 재원에게 무언가 속닥거렸다. 작전 회의가 끝났는지 경일은 다시 라이터를 들고 흔들었다.

"내가 불을 가지고 있다는 것 명심해. 저 땅꼬마는 〈정글의 법칙〉에 나오는 원시인 방법으로 불을 붙이려나 본데 이 라이터는 비가 오나 눈이 오나 1초면 불을 붙일 수 있다고."

경일의 진화 속도는 굉장했다. 비가 오거나 밤이 되면 창훈의 돋보기는 무용지물이 될 것이다. 경일은 그 약점을 파고든 것이다. 삼총사가 경일에게 졌다고 생각했을 때, 구세주가 나타났다. 예슬은 날카로운 목소리로 경일을 향해 말했다.

"라이터나 술이 뭐가 대단하다는 거야? 그래서 오경일 너희는 음식 먹기 싫어? 그럼 말든가."

경일은 어깨를 움찔하더니 말을 이었다.

"큰 양주 한 병과 팩소주 여섯 개가 있어. 모두 줄 순 없고 두 가지 술 중 한 가지만 골라."

예슬은 얼른 경호를 보았다.

"술이 꼭 필요한 거야? 혹시 너희도 술 마시려는 거 아니지?"

경호는 고개를 가로저었다. 예슬은 이제 남쪽에서 서쪽으로 넘어가고 있는 태양을 가리켰다.

"곧 어두워질 거야. 그러니 빨리 골라."

경호는 창훈을 돌아봤다. 창훈은 턱으로 왼쪽에 있는 양주를 가리켰다. 아무래도 알코올 퍼센트가 높은 술이 소독 효과가 좋을 것 같아서였다.

경일이 양주를 내놓자 학생들 모두 음식을 모았다. 반장 예슬은 위기 상황에서 더 대단한 리더십을 발휘했다.

"모두 음식 문제를 도와줘서 고마워. 며칠이 될지 모르지만 분명히 구조대는 올 거야. 그때까지는 우리끼리 버텨야 해. 일단 며칠이라도 살아가려면 화장실과 씻는 게 문젠데…… 가만 보자. 저기 버스 트렁크를 열어 볼래? 도움이 될 만한 것이 있나 확인하자."

부반장 용준이 버스에 올라 자동차 열쇠를 뽑아 왔다. 버스 옆면 열쇠 구멍에 열쇠를 넣고 돌리자 트렁크 문이 철컥 소리를 내며 위로 올라갔다.

트렁크 안에는 여러 가지 물건이 있었다. 가장 반가운 건 20리터짜리 대형 생수였다. 무려 다섯 병이 있었는데 지금 상황에서 물은 굉장한 아이템이었다. 그리고 이 버스는 단합 대회용으로 자주 쓰였던지, 행사장에서 볼 법한 대형 천막이 있었고, 바람이 빠져 쭈그러든 배구공과 농구공도 보였다. 한쪽에는 공구 상자도 있었는데 톱, 망치, 못 등이 들어 있었고, 그 옆에 대형 삽까지 있어서 생존에 유용하게 쓸 수 있을 것 같았다. 어느새 용준 뒤로 모여든 예슬, 삼총사와 학생들은 각자 안도의 한숨을 내쉬거나 작게 감탄사를 뱉었다.

예슬은 먼저 생리 작용을 해결하기 위하여 남학생들에게 간이 화장실 만드는 일을 맡겼다. 경일에게 무슨 일을 부탁하면 라이터를 흔들면서 웃기만 해서 더 이상 아무도 아무것도 부탁하지 않았다. 영상이 운동부 합숙 갔을 때 야외에서 화장실을 만들어 봤다며 자진해서 나섰다. 덕분에 화장실 만드는 데는 삼총사가 동원됐다.

삼총사는 먼저 삽을 이용하여 허리 정도 깊이의 구덩이를 팠다. 다음은 톱으로 지름 5cm 정도의 나무를 네 그루 잘라 구덩이를 중

심으로 기둥을 세웠다. 그리고 나뭇잎이 많이 달린 가지를 잘라서 한 방향만 남겨 두고 나머지 면에 얼기설기 이어 붙였다. 뚫려 있는 면은 당연히 화장실 입구가 되는 거였다.

삼총사의 몸에서는 땀이 비 오듯 쏟아졌다. 버스를 기준으로 양쪽으로 멀리 떨어진 곳에 각각 남자용, 여자용을 만들었다. 두 시간에 걸쳐 겨우 두 개의 화장실을 만든 것이다. 삼총사는 이 정도면 괜찮다고 생각했지만, 예슬은 완성된 화장실을 보더니 불만족스런 표정을 지었다.

"겨우 몸은 가리겠네. 나중에 문도 만들어 줘."

그러고는 수고했다는 말도 없이 몸을 휙 돌려 해변으로 걸어갔다. 고생을 몰라주는 반장이 얄미워서 영상은 멀어져 가는 예슬의 뒷모습을 보고 고개를 좌우로 흔들었고, 창훈은 슬며시 가운데 손가락을 들어 보였다.

"영상아, 창훈아, 우리 반장님은 성격이 원래 까칠하잖아. 상황이 상황이니 관대한 우리가 참자고. 그나저나 다른 애들 뭐 하나 버스로 가 보자."

버스 주변으로 가 보니 트렁크에 들어 있던 대형 천막이 세워져 있었다. 나머지 남학생들이 힘을 썼는지 모두 기진맥진해진 채 누워 있었다. 몇몇 여학생들은 나뭇가지나 돌을 이용하여 모래밭에 SOS라는 글자를 썼다. 비행기도 지나가지 않는데 무슨 쓸모가 있을까 싶기도 했지만, 없는 것보다는 낫다고 생각했다.

예슬과 나머지 학생들은 산과 해변을 돌아다니며 나뭇가지를 모았다. 밤이 되면 모닥불을 피울 요량이었다. 경일의 라이터 덕분에 쉽게 모닥불을 붙일 수 있었다. 해가 산 뒤쪽으로 넘어가자 주위는 어두워졌고, 모닥불 때문인지 분위기가 한층 무거워졌다. 예슬은 학생들을 해변 천막으로 모았다.

"일단 화장실이 만들어졌어. 난 시골 할머니 댁에서 재래식 화장실을 사용해 봤는데 그것보다 더할지도 몰라. 하지만 없는 것보다는 낫겠지? 남자는 저쪽이야. 남자들! 이쪽 여자 화장실 근처에는 얼씬도 안 하는 게 좋을 거야."

남학생 누군가 대꾸했다.

"누가 본대냐?"

하하하, 남학생들이 일제히 웃었다. 예슬은 발끈했지만 덕분에 어두운 분위기가 조금 밝아진 것 같아 더는 말하지 않았다.

"모두들 배고프지? 일단 오늘 점심으로 싸 온 도시락을 먹도록 하자. 각자 싸 온 것 말야. 내가 선생님 것까지 세 개 싸 왔고, 민희도 두 개 싸 왔다고 하니 경일이 너희가 세 개 가져가."

천막 한쪽에는 학생들이 싸 온 점심 도시락이 모아져 있었다. 다들 자기 도시락을 찾아 허겁지겁 먹기 시작했다. 굶은 상태에서 노동을 해서 그런지 이보다 맛있을 수는 없었다.

밤하늘의 별은 보이지 않았지만 바다 쪽에서 둥근 보름달이 떠올랐다. 날이 흐려졌는지 보름달은 불투명 유리창 너머에 있는 것처럼 뿌옇게 보였다. 반면 날씨가 더운 만큼 파도 소리만은 시원했다. 도시락을 다 먹었는지 남학생 누군가 소리쳤다.

"와~ 지금쯤이면 빼박 학원인데, 여기선 안 가도 되잖아. 자유다!"

그 말에 잠시 정적이 흘렀지만 곧 하나둘 따라서 소리치며 바다로 뛰어나갔다.

경호는 그대로 앉은 채 바다에서 헤엄치는 학생들의 실루엣을 바라봤다. 즐겁게 노는 모습을 보니 졸업여행을 여기로 온 것이 아닌지 착각이 들 정도였다. 경호는 문득 남은 음식을 어디에 보관했는지 궁금해졌다.

"반장아, 나머지 음식은 어디에 뒀어?"

예슬의 눈이 가늘어졌다. 경호를 의심하는 눈빛이었다.

"왜? 배고프니?"

"그건 아니지만……"

"비밀이야. 아무한테도 알려 줄 수 없어."

경호는 뭐 저렇게까지 하나 싶었지만 누군가 음식을 훔쳐 먹기라도 하면 더 큰 분란이 될 것이기에 반장 생각을 존중하기로 했다. 일단 선생님도 깨어나지 못한 지금 학생들을 이끌 구심점이 필요했기 때문이다.

"그건 그렇고. 선생님은 어때?"

"계속 그 상태서. 여자들이 돌아가면서 돌보고 있으니 걱정 마."

조난 첫날 밤, 여학생들은 버스 안에서 자고, 남학생들은 밤새 바다에서 놀다가 천막에 대충 누워 잤다. 밖에서 잘 수 있을 정도로 날씨가 따뜻해서 다행이었다. 정신적으로나 육체적으로나 피곤해서 그런지, 학생들 모두 해가 거의 중천에 뜰 때까지 잤다.

하나둘 깨어난 남학생들은 물을 달라고, 먹을 것을 달라고 징징거렸다. 예슬은 시간을 확인하고 아침 겸 점심을 먹어도 될 것 같아서 용준을 불러 산속으로 들어갔다. 숨겨 놓은 음식을 찾으러 가는 것이었다.

학생들은 천막에 옹기종기 앉아서 오늘은 뭘 할지, 구조대는 언제 올지, 걱정스러우면서도 들뜬 목소리로 이야기하고 있었다. 그런데 그때 산속에서 뛰쳐나온 예슬과 용준이 이쪽으로 달려왔다. 귀신이라도 본 얼굴이었다.

용준이 하얗게 질린 채 숨을 헐떡이며 학생들을 향해 말했다.

"후우 크, 큰일 났어. 허억 허억 메, 멧돼지가……"

숨을 고른 예슬이 말을 이었다.

"음식을, 우리 음식을 멧돼지가 먹고 있어."

모두 상황 파악이 되지 않아 서로 얼굴만 보고 있을 때, 남학생들 무리에서 최건희가 소리쳤다.

"너희 말은 지금 멧돼지가 우리 식량을 먹고 있다는 거야?"

"그래."

"근데 너희는 멧돼지를 쫓아 버릴 생각도 않고 이리로 도망 온 거야?"

예슬은 도도한 표정으로 건희를 보았다.

"멧돼지라니까? 잘못하면 우리가 위험하다고."

"야이, 식량이 없으면 우리가 죽는다고."

건희의 말에 다른 학생들도 심각함을 깨닫고 웅성대기 시작했다. 주로 반장을 비난하는 목소리였다. 건희는 옆에 있던 우수환의 옆구리를 쳤다.

"수환아, 우리가 빨리 가 보자. 남은 음식이라도 건져야지. 저걸 반장이라고 믿고 있었으니. 쯧쯧."

건희와 수환은 주변에서 길다란 나무 몽둥이를 찾아 들고는 산속으로 들어갔다. 여전히 학생들은 웅성거리며 예슬을 비난했다. 예슬은 억울함에 목이 메어 학생들을 향해 말했다.

"어쩔 수 없는 사고라고. 여기 멧돼지가 있을지 어떻게 알았겠어."

여학생들 무리에서 신수진이 일어섰다. 수진은 반장 선거에서 낙선해 예슬과 사이가 좋지 않았다. 수진은 까칠한 목소리로 말했다.

"도대체 음식을 왜 산에 둔 거야? 난 그게 이해가 안 가."

"그냥 안전하게 보관하고 싶었어."

"안전? 도대체 누구로부터 안전하길 원한 거니?"

"……."

예슬은 차마 대꾸를 못했다. 수진은 예슬을 째리고는 학생들을 돌아보며 말했다.

"얘들아, 반장은 우리를 도둑으로 생각하나 보다. 우리에게서 음식을 안전하게 지키고 싶었나 봐."

수진의 말에 학생들의 비난은 점점 커졌다. 누군가 예슬 옆에 있던 용준에게도 소리쳤다.

"넌 뭐 했는데. 반장이랑 생각이 같은 거야?"

용준은 불똥이 자신에게 옮겨붙을까 겁이 나 손사래를 치며 말했다.

"아니야. 난 반대했어. 음식을 버스에 보관하자고 했다고. 반장이 버스에 두기 위험하니까 음식을 여행 가방에 넣어 산에 숨겨 두자고 했어."

"등신, 부반장이 돼 가지고 자기 의견도 말 못하고."

용준은 욱해서 목소리를 높였다.

"너희 모두 반장이 음식을 모으자고 했을 때, 동의했잖아. 나도 피해자라고! 내가 간식을 제일 많이 싸 왔단 말이야."

일리가 있는 말에 학생들은 비난의 눈길을 다시 예슬에게로 옮겼다. 예슬은 더 이상 할 말이 없는지 고개를 푹 숙이고 있었다. 학생들의 비난이 거세지자 예슬의 어깨가 살짝 들썩였다. 발 밑 모래밭에 굵은 눈물방울이 점점이 떨어졌다.

그때 산속으로 갔던 건희와 수환이 돌아왔다. 건희는 작대기를 옆에 내던지더니 천막 안으로 빵이 들어 있는 봉지를 던졌다.

"생수는 그대로 있고, 음식은 이것만 겨우 건졌어. 멧돼지 가족이 와서 무섭게 먹어 치우더라고. 작대기로 위협해서 겨우 쫓아 버렸어. 우리가 먹을 건 이것뿐이야. 구조되지 않는다면 이제 우리는 굶어 죽기를 기다려야 해."

학생들은 배고픔에 두려움까지 더해져 화가 치밀어 올랐다. 반장이 울든 말든 비난은 더욱 거세졌다.

"지가 반장이면 다야? 맨날 명령만 하고. 선생님이야 뭐야?"

"잘난 척하더니 내 사고 칠 줄 알았다."

"저런 걸 믿은 우리 잘못이지, 누구 잘못이냐."

예슬은 움직이지 못한 채 모래밭에 서서 엉엉 소리를 내며 울기 시작했다. 얼굴은 눈물과 콧물로 범벅이 되어 갔다.

그때 경일과 똘마니들이 앞으로 나왔다. 경일은 건희가 버린 작대기를 들더니 예슬 옆에 가서 섰다. 눈물범벅이 된 예슬의 얼굴에 대고 말했다.

"히히, 꼴좋다. 시끄러우니까 그만 울어."

경일은 작대기로 예슬을 가리키더니 큰 소리로 말했다.

"자, 지금부터 송예슬을 반장에서 파면한다. 이의 있는 사람?"

학생들은 당연히 그래야 한다며 박수까지 쳤다. 모두 단합된 모습으로 반장을 파면한다고 하자 예슬은 큰 충격을 받은 듯했다. 울음을 뚝 그치더니 갑자기 끄억 소리를 내며 구역질을 시작했다. 친구들에게 양보하고 정작 자신은 먹은 것이 별로 없었던 탓에, 노란 액체만 입에서 흘러나와 옷을 적셨다. 하얀색 블라우스가 노랗게 물들어 갔다.

"뭐야, 더럽게."

경일은 눈살을 찌푸리며 예슬을 밀쳤다. 예슬은 바닥에 주저앉아 계속 헛구역질을 해 댔다.

경호는 주먹을 불끈 쥐었다. 아무리 반장이 얄밉다고는 하지만 친구를 순식간에 낭떠러지로 밀어 버리다니 화가 났다. 경호는 영상을 돌아보았다. 영상은 경호의 눈빛에서 단호한 결의를 읽었다.

"영상아, 너 오경일 패거리 맡을 수 있지?"

삼총사는 언제나 그랬던 것처럼 서로의 의견에 전적으로 동의했다. 영상은 오른손 주먹을 들어 보이며 고개를 끄덕였다. 경호가 창훈을 보자 창훈은 자신의 웃옷을 벗고는 고개를 끄덕이며 말했다.

"반장은 내가 데리고 갈게."

"좋아, 내가 학생들을 맡지. 가자, 제군들."

삼총사는 예슬이 쓰러져 있는 앞으로 나갔다. 창훈은 얼룩이 남은 예슬의 옷을 자기 웃옷으로 가려 주었다. 그러고는 예슬을 일으켜 버스 뒤로 부축해 갔다. 그 모습을 본 경일이 소리 내 비웃었다.

"멋있는 척 오지네. 그런다고 반장이 너랑 사귄대? 조용히 찌그러져 있어라. 안 그러면 죽는다."

기세등등한 경일 앞으로 영상이 나섰다. 영상은 조용히 양쪽 어깨를 빙글빙글 돌리며 풀었다. 그러고는 예고 없이 오른손 잽을 뻗어 경일의 코를 강타했다. 복싱을 관둔 지 1년이 넘었지만 손이 너무 빨라 경일은 미처 피할 수 없었다. 경일은 양손으로 코를 부여잡고 욕설을 해 댔다.

"씨발, 저 새끼 죽여."

갑자기 벌어진 일에 정신을 놓고 있던 경민과 재원이 주먹을 들고 영상에게 달려들었다. 영상은 복싱 자세를 취하더니 어설프게 날아오는 주먹을 가볍게 피하며 경민의 복부에 자신의 오른손을 깊숙이 꽂아 넣었다.

경민의 단말마 비명이 들리자마자 영상은 두어 번 스텝을 밟더니 재원의 복부에도 오른손을 꽂아 넣었다. 경민과 재원은 배를 움켜잡고 바닥을 뒹굴었다.

그사이 코를 추스른 경일은 이번엔 작대기를 들고 영상에게 휘둘렀다. 하지만 영상에게는 슬로우 비디오로 보일 뿐이었다. 영상은 허리를 숙여 가볍게 피하고 왼손을 경일의 복부에 꽂았다. 그대로 놔두어도 쓰러지겠지만 경일만은 용서할 마음이 없었는지 떨어지는 경일의 얼굴에 오른손 훅까지 날렸다.

학생들은 오경일 패거리가 쓰러지는 것을 넋 놓고 지켜보고 있었다. 영상의 일이 끝나자 경호는 그들에게 소리쳤다.

"반장 송예슬이 일부러 멧돼지에게 음식을 바쳤겠어? 우리를 살려 보겠다고 어제부터 이리 뛰고 저리 뛴 거 너희도 봤잖아."

경호가 사실을 말하자 분위기가 숙연해졌고 겸연쩍은지 고개를 숙이는 학생들도 있었다.

"너희 중에 누구 선생님 걱정하는 사람 있었니? 예슬이는 반장이라는 이유로 밤새 간호하더라."

반장에게 비난을 퍼부었던 것이 미안한지 여학생 몇 명은 훌쩍거리기 시작했다.

"어차피 우리가 가지고 있었던 음식으로는 2~3일밖에 못 버텨. 난 이번 사건으로 오히려 희망을 봤어."

희망이라는 말에 학생들은 의아한 눈빛으로 경호를 봤다.

"멧돼지가 있다니 바비큐 파티를 할 수 있지 않겠어?"

몇몇 학생들은 썰렁한 농담으로 여겼는지 피식 웃었다. 분위기가 풀어지자 경호는 다시 진지하게 말했다.

"우리는 3학년 6반이야. 여기서만은 모두 친구인 거야. 그래야 해."

경호의 말에 학생들의 눈빛이 반짝 빛났다. 경호는 예슬의 단짝들을 보며 말했다.

"뭐 해? 빨리 가 봐."

단짝들이 얼른 일어서 버스 뒤로 뛰어갔다. 경호는 빵 봉지를 들어 개수를 빠르게 셌다.

"일단 빵이 스무 개 정도 있으니 세 명씩 짝을 지어 두 개씩 먹자."

버스 뒤에서 창훈이 나오자 삼총사는 빵 두 개를 들고 바닷가로 갔다. 경호는 앞서가는 영상의 주먹을 보았다. 살이 조금 까져 있었다. 경호는 영상의 어깨에 손을 올렸다.

"영상아, 괜찮아?"

"폭력을 쓰지 않겠다는 금기는 어겼지만 아까는 어쩔 수 없었지."

경호는 영상에게 엄지를 들어 보인 뒤 창훈을 보았다.

"창훈아, 너도 멋있었어. 너희가 내 친구인 게 자랑스럽다. 나는 괜찮으니 오늘의 영웅인 너희가 빵 한 개씩 먹어."

창훈은 경호를 흘겨보더니 빵을 뜯고는 경호의 코에 갖다 댔다.

"이 자식 혼자 멋있는 척하네. 진짜 다 먹는다. 괜찮겠어?"

빵 냄새가 콧속을 파고들자 경호의 배가 요동쳤다. 경호는 울 것 같은 표정으로 말했다.

"아니, 안 괜찮아."

"하하하. 영상아, 얘 얼굴 좀 봐라."

셋은 똑같은 크기로 빵을 나누어 먹었다. 경호가 납작한 자갈을 주워 바다에 던졌다. 돌은 물 위를 통통 뛰었다.

"이제 멧돼지 사냥을 해 볼까?"

창훈도 자갈을 바다로 던졌다.

"드디어 내가 나설 때가 되었군. 내가 과학적으로 멧돼지를 잡아 주지."

영상도 자갈을 바다에 던졌다. 복싱을 잘하지만 물수제비 실력은 영 꽝이었다.

"그럼 나는 멧돼지로부터 너희를 지켜야겠군."

창훈은 금테 안경을 벗어 러닝서츠로 닦았다.

"경호야, 이 자식 잘난 척하는데?"

창훈의 말에 경호는 재빠른 동작으로 영상의 뒤로 돌아가 움직이지 못하도록 양팔을 잡았다.

"그럼 혼내 줘야지."

"좋아."

창훈은 안경을 끼더니 움직이지 못하는 영상의 겨드랑이에 손을 넣고 간지럼을 태웠다. 영상이가 특히 약한 부분이었다.

"항복~ 하하하. 항복."

"앞으로 까불지 말라고."

"아, 알았어."

경호는 그제야 잡았던 양팔을 풀고는 어깨동무를 했다. 셋의 얼굴에서는 미소가 떠나지 않았다.

3장

멧돼지
사냥

3학년 6반이 조난을 당한 지 이틀째 오후. 음식을 멧돼지에게 거의 잃었지만, 불행 중 다행인 점은 멧돼지가 생수는 건드리지 않았다는 것이다. 간식으로 준비된 500ml짜리 생수 60병과 관광버스용으로 비치된 20L짜리 대형 생수 5통이 있었다. 해변 뒤쪽 산으로 조금만 오르면 시내도 흘렀지만, 혹시 모를 세균 감염 때문에 식수로는 사용하지 않고 씻는 데만 사용하고 있었다.

뜨거운 한낮이 지나자 바닷물이 빠지고 갯벌이 드러났다. 그런데 우리나라 서해안의 갯벌과는 사뭇 달랐다. 서해안이 끈끈한 진흙 갯벌이라면, 여기는 모래와 진흙이 절묘하게 섞여 있었고 군데군데 10kg 내외의 돌덩어리가 장승처럼 박혀 있었다.

이제 먹을 것을 자급자족해야 했기 때문에 경호의 제안으로 삼총사를 비롯한 남학생들은 펼쳐진 갯벌로 들어갔다. 다행히 갯벌의 크고 작은 돌덩어리에는 작은 소라처럼 보이는 생물들이 붙어 있었다.

소라를 줍던 경호가 힘든지 허리를 펴고 펼쳐진 갯벌을 둘러보았다.

"그나마 갯벌이라도 있어서 다행이야. 작은 소라지만 이렇게 먹을 것도 있고 말이야."

경호의 말에 창훈이 진지한 표정으로 검지를 들어 보였다.

"먹을 것도 중요하지만, 갯벌 때문에 많은 정보를 알 수 있어. 여기는 아메리카 대륙이 아닐까 싶어."

옆에서 소라를 떼어 내던 영상이 놀라서 덩달아 허리를 폈다.

"여기가 미국이라고?"

"미국이라곤 안 했어. 아메리카 대륙이 아닐까 했지."

"그 말이 그 말이지. 과학 박사! 근거는 있는 말이겠지?"

창훈은 본격적인 설명을 해야겠는지 소라를 넣던 비닐봉지를 바닥에 내려놓았다.

"좋다, 친구. 설명해 주지. 우리나라 갯벌은 어디에 펼쳐지나?"

"당연히 서해지. 남해도 있겠고."

창훈은 선생님이 어려운 문제를 푼 학생을 보듯이 미소를 지었다.

"자, 그럼 어제 일을 떠올려 보게나. 어제 해가 어디로 졌지? 아니, 뿌옇기는 했지만 보름달이 어디서 떴지?"

영상은 잠시 생각하더니 바다 쪽을 가리켰다.

"바다였어. 어제 바다에서 떠오르는 보름달을 보고 분위가 좋다고 난리였잖아."

"좋아, 우리나라에서 달이 떠오르는 방향은 어디지?"

영상은 큰 깨달음이라도 얻은 듯 손바닥으로 자신의 허벅지를 쳤다.

"달은 동쪽에서 뜨지. 어제 바다였던 이곳은 물이 빠져 갯벌이 됐어. 지리적으로 동쪽이 갯벌인 거야. 하지만 우리나라의 갯벌은 서쪽이고, 동쪽은 갯벌이 없어!"

"딩동댕. 언젠가 세계 5대 갯벌이라는 기사를 본 적 있어. 유럽, 우리나라 서해, 캐나다 동부 해안, 미국 동부 해안, 그리고 아마존 갯벌이야. 대륙 동쪽에 있는 갯벌은 캐나다, 미국, 아마존이지. 아마존은 열대 지방이니 아닌 것 같고, 오늘 밤 북극성이 뜨면 정확한 고도를 측정해 봐야겠지만 야자수가 있는 걸로 봐서 최소 아열대 지방, 미국 쪽이 아닐까 해."

경호가 놀라서 말을 받았다.

"미국 플로리다 동쪽 바다가 버뮤다 삼각 지대라며? 우린 정말 시공간을 이동한 걸까?"

"글쎄, 미국의 스티븐 호킹 박사는 말했지. '모든 것을 빨아들이는 블랙홀이 있다면, 빨아들였던 모든 것을 다시 내보내는 화이트홀도 있을 것이다.' 여기가 정확히 어디인지 몰라도 들어오는 길이 있으니 나가는 길도 분명히 있을 거야."

창훈은 희망적인 말을 하고는 다시 허리를 굽혀 묵묵히 소라를 줍기 시작했다. 경호와 영상도 고개를 끄덕이고는 다시 허리를 굽혀 돌덩어리 밑에 붙어 있는 작은 소라를 떼어 냈다. 잠시 뒤 영상이 다시 허리를 폈다.

"그나저나 하루이틀도 아니고, 이런 음식만으로는 버티지 못해. 뭔가 새로운 돌파구가 필요해."

영상의 말에 경호가 답했다.

"멧돼지 사냥을 말하는 거야?"

"그걸 넘어서 탈출을 말하는 거야. 창훈이 말대로 나가는 길을 찾아보자."

창훈이 허리를 펴고 말했다.

"맞아. 일단 멧돼지 사냥으로 음식을 구하고, 여기가 어디인지 파악한 후 탈출할 수 있는 길을 찾아야 해. 어젯밤에는 날씨가 흐려 못했지만 오늘은 맑을 것 같으니 북극성 고도를 재 보자."

"좋아."

남학생들이 잡아 온 소라의 양은 많았지만 생으로 먹을 수는 없는 일이었다. 창훈은 종이로 냄비를 만들어 물을 끓이자고 했지만 종이 냄비를 만들기는 쉽지 않았다. 마침 쓰레기 더미에서 점심 도시락을 담았던 은박 용기가 보여 거기에 물을 끓이기로 했다. 은박 용기는 작았지만 여러 개가 있었고 여러 번 재활용할 수 있을 것 같았다.

먼저 땅을 파고 불 피울 곳을 만들고는 둘레에 벽돌 모양의 돌을 놓았다. 그러고는 넓적한 돌을 위에 올려 일종의 불판을 만들었다.

작은 소라를 은박 용기에 넣고, 산에서 길어온 물을 넣어 끓였다. 물이 끓으면서 제법 맛있는 냄새가 나기 시작했다. 학생들 모두 천막에 모여 소라를 빼 먹었다. 어렸을 적 바닷가에서 사 먹던 고동 맛이었다. 개수가 많아도 껍데기가 대부분이니 모두에게 충분한 양이 되지는 못했다.

슬금슬금 움직이던 해가 산 뒤쪽으로 완전히 숨자 다시 주위가 어두워졌다. 해변에 타오르는 모닥불, 하늘의 달과 별을 제외하고는 섬을 밝히는 어떠한 인공적인 빛도 없었다. 먹을 것을 제대로 먹지 못해서인지 어제와 달리 바다에서 노는 학생들도 없었다. 삼총사는 북극성의 고도를 측정하기 위해 파도 소리만 들리는 해변으로 걸어 나왔다. 어디에 쓰려는지 창훈의 옆구리에는 연습장이 끼워져 있었다. 창훈은 하늘의 어느 한 지점을 가리키며 말했다.

"저게 북극성이야. 모두 초등학교 때 배웠지?"

경호와 영상은 창훈이가 가리킨 방향의 하늘을 올려다봤다. 하늘에는 수많은 별이 있어 무엇을 가리키는지 정확히 알 수 없었다. 경호가 어깨를 으쓱하고 고개를 저었다.

"다 너처럼 과학 생각만 하고 사는 건 아니라고."

창훈은 다시 하늘을 가리키며 말했다.

"저기 북두칠성 보이지? 국자 모양으로 떠 있는 별 일곱 개."

경호가 별을 찾았는지 호들갑을 떨었다.

"보인다, 보여. 국자 모양!"

창훈은 연습장 위에 별자리를 그려 보여 주었다.

"이게 북두칠성이고 반대편에는 알파벳 W자 모양의 별이 있어. 카시오페이아야."

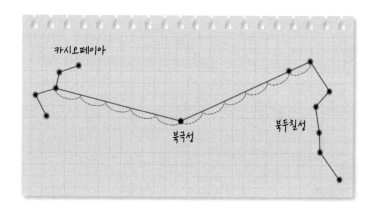

경호는 실제로 별을 찾은 게 신기해서 풀쩍풀쩍 뛰었고, 영상도 별을 찾았는지 하늘을 보는 눈이 초롱초롱 빛났다.

창훈은 계속 노트에 그림을 그리면서 설명했다.

"혹시 모르니 너희도 밤에 방향 찾는 법을 배워야 해. 북두칠성 머리 끝 두 별 있지? 그 둘 사이 거리 다섯 배만큼 안쪽으로 와 봐. 그리고 반대쪽 카시오페이아 W에서도 마찬가지 거리로 들어오면,

그 중앙쯤에 별이 하나 있어. 그게 북극성이지. 북극성은 지구의 자전축 연장선 위에 있어."

경호는 손으로 가슴을 두 번 팡팡 하고 쳤다.

"알겠다. 이제 밤에도 북쪽을 찾을 수 있겠어."

"좋아, 그럼 다음 강의를 이어서 하지. 지구는 하루에 한 바퀴 자전하잖아. 그럼 한 시간에 몇 도가 움직일까?"

간단한 계산인데도 암산이 어려웠는지 경호는 눈만 깜박이고 있었다. 답답한지 영상이 대신 대답했다.

"15도. 지구는 구형이니 한 바퀴는 360도고, 하루가 24시간이니 360을 24로 나누면 15가 돼."

창훈은 박수를 세 번 쳤다. 짝짝짝.

"아무래도 나의 수제자는 영상이 네가 될 것 같다."

"나도 알았다고."

경호가 입술을 내밀었다. 창훈은 노트에 계속 그림을 그렸다. 이번엔 원을 여러 겹 그리는 것 같았다.

"이렇게 지구가 자전하기 때문에 상대적으로 해, 달, 별이 지구를 공전하는 것처럼 보이지. 북극성은 지구 자전축 연장선에 있으니까, 하늘의 모든 별이 북극성을 중심으로 도는 것처럼 보이는 거야."

경호와 영상은 노트를 들여다보면서 고개를 끄덕였다.

"좋아, 별에 대한 강의는 나중에 다시 이어서 하고. 일단 지금은 북극성의 고도부터 측정해 보자."

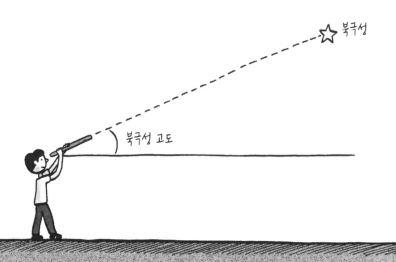

북극성

북극성 고도

창훈은 노트를 찢더니 가늘고 길게 말아서 망원경처럼 만들었다. 그것을 경호에게 쥐어 주고는 망원경 보듯이 북극성을 보라고 했다. 그러고는 주머니에서 휴대폰을 꺼내 전원을 켜고 물었다.

"어때, 북극성을 잘 맞췄어?"

"어, 구멍이 작아 어렵지만 찾긴 했어."

"그럼 최대한 움직이지 말고 있어 봐."

창훈은 경호가 들고 있는 종이에 휴대폰을 갖다 댔다.

"음…… 역시 28도군."

영상은 창훈의 휴대폰이 아직도 살아 있는 것이 더 신기했다.

"창훈아, 넌 폰이 아직도 되는 거야?"

"중요한 순간을 위해 계속 꺼 놓고 있었어. 아마 다들 게임하느라 배터리가 빨리 닳았을 거야."

창훈은 이어서 휴대폰 화면을 보여 주었다. 각도기가 보였다.

"이 각도기 어플은 휴대폰에 내장된 3축 가속도 센서◆를 이용한
거야."

어려운 말이 등장하자 영상이 눈을 치떠서 흰자위가 보였다.

"어제 북극성 고도가 곧 이곳의 위도가 된다고 설명했었지? 북
극성 고도가 28도이니 이 지역의 위도도 28도라는 거야. 위도가 28
도 정도 되면서 동쪽 바다에 갯벌이 생기는 곳. 바로 미국 동쪽 해
안, 일명 버뮤다 삼각지대지."

"여기가 그 바다 어딘가의 섬일까?"

"그건 확신할 수 없어. 저 산꼭대기에 올라가면 알 수 있겠지."

창훈은 숲속에 불뚝 솟아 있는 봉우리를 가리켰다. 경호는 주먹
을 불끈 쥐고 말했다.

"좋아. 제군들, 내일은 저 봉우리를 점령하고, 멧돼지로 저녁 식
사를 실시하지. 과학 박사, 등산할 때 어떤 점을 조심해야겠나?"

경호의 상황극에 창훈이 응대했다.

"넵, 탐정님. 공간적 위치를 파악했다고는 하나 우리는 태백산맥

◆ **3축 가속도 센서** 스마트폰에 장착되어 사용자가 움직이는 동작을 감지하여 그에 맞는 다양
한 반응을 수행할 수 있도록 한다. 3축은 센서가 3차원에서 움직일 때 x축, y축, z축 방향의 가
속도를 측정할 수 있다는 뜻이다.

에서 이리로 한순간에 이동해 왔습니다. 그러니 시간적 이동도 고려해야 합니다."

"그게 무슨 말이지?"

"예를 들면, 우리가 조선 시대 또는 석기 시대까지 이동했다고 한다면 멧돼지뿐 아니라 공룡 등 맹수들도 조심해야 합니다."

듣고 있던 경호의 동공이 커졌다.

"공룡이라고?"

"비약이긴 하지만 염두에 둬야 합니다. 하지만 제가 가져온 과학 실험 물품 중에는 염산도 있습니다. 비상시에는 맹수의 눈에 뿌려 위기를 탈출해야 하겠습니다."

경호가 창훈의 어깨를 두들겼다.

"역시. 과학 박사답게 준비가 철저하군."

경호는 이어서 영상을 바라봤다.

"좋아. 철학 박사. 등산을 할 때 우리가 어떤 준비를 해야겠는가?"

"넵, 버스의 공구 상자에 드라이버나 송곳처럼 뾰족한 공구가 있는데, 작대기 끝에 그것들을 묶어 창처럼 만들어 안전을 도모해야 합니다."

영상의 반짝이는 아이디어였다.

"좋다. 그것은 철학 박사 자네에게 맡기지. 멧돼지를 사냥할 수 있겠나?"

"글쎄, 멧돼지를 직접 보지 못해서……."

"좋아. 혹시 모르니 함정을 판다. 멧돼지가 다니는 길목에 땅을 파고, 나뭇가지나 낙엽으로 위장한다. 우리는 창으로 멧돼지를 위협해 함정으로 몰아넣는다. 어떤가? 내 작전이."

창훈과 영상이 엄지손가락을 치켜들었다. 경호는 창훈, 영상과 양쪽으로 어깨동무를 했다. 혼자서는 무섭고 두려울 일이지만 셋이 모이니 무엇이든 할 수 있을 것 같았다.

꼬르륵~

하지만 배 속에서는 음식을 달라고 아우성쳤다.

"먹은 게 없으니 오늘은 일찍 자자."

창훈과 영상도 경호의 어깨에 손을 올렸다.

다음 날, 영상은 창훈과 멧돼지 사냥용 창을 만들기 시작했다. 창이 어느 정도 꼴을 갖춰 가자 경호는 산으로 올라간다고 보고하기 위하여 버스로 갔다. 예슬은 어제 이후 전면에 나서는 일은 없어졌지만 평소 친했던 친구들 덕분에 충격에서는 벗어난 것 같았다.

반장은 버스에서 몇몇 친구와 함께 담임 선생님을 돌보고 있었다.

"반장! 선생님은 어때?"

예슬이 고개를 들었다.

"어…… 아직 완전히 깨어나지는 않았는데 잠꼬대처럼 말도 하고 물도 마시곤 하셔. 곧 깨어나시겠지."

경호는 예슬 곁의 친구들을 눈짓으로 가리켰다.

"반장, 괜찮으면 밖에서 이야기 좀 할까?"

예슬은 친구들에게 선생님을 부탁한다고 말하고 자리에서 일어났다. 경호는 버스 옆에서 예슬과 마주했다.

"반장. 우리 삼총사가 조사해 본 결과, 여기는 미국 동부 어디쯤이라는 것을 알아냈어."

"그래? 그럼 집으로 가는 방법도 찾은 거야?"

"아직. 하지만 산꼭대기에 올라가서 여기가 어딘지 정확히 파악하고 탈출 방법도 찾을 거야."

예슬은 희망을 찾았는지 미소를 지으며 고개를 살짝 끄덕였다.

"지금 영상이와 창훈이가 무기를 만들고 있어. 우리는 가능하다면 함정을 만들어 멧돼지도 사냥해 볼 거야. 그러니 나머지 애들을 잘 추스르고 있어."

"……."

예슬은 고개를 숙이고 한참 말이 없었다. 아마 어제 일로 마음에 상처를 입었을 것이다. 예슬은 적극적이고 외향적인 성격이지만 한동안은 학생들 앞에 나서기 어려울지도 몰랐다.

경호는 자기도 모르게 예슬의 손을 덥석 잡았다. 예슬의 손은 미세하게 떨리고 있었다.

"힘내. 누가 뭐래도 예슬이 넌 우리 3학년 6반의 반장이야."

예슬은 주위를 의식했는지 경호에게 잡힌 손을 뺐다. 그리고 일부러 특유의 힘찬 목소리를 냈다.

"누, 누가 뭐래? 나 송예슬이야. 그깟 일로 내가 주눅 들 것 같아?"

예슬의 볼이 발갛게 물들었다. 경호는 예슬이 다시 거침없이 말해서 마음이 놓였다.

"그래? 다행이다. 그럼 가 볼게."

경호가 뒤돌아 몇 걸음 옮겼을 때 예슬이 불렀다.

"경호야! 민경호!"

경호가 돌아보자 여전히 선홍색 얼굴을 한 예슬이 작게 속삭였다.

"어, 어제는 고마웠……"

"뭐라고?"

"어제 도와줘서 고맙다고. 그리고 이제 반장 말고 이름으로 불러줘. 송예슬 말이야."

경호는 미소를 지으며 검지와 중지 두 손가락을 눈썹에 붙이며 경례했다.

"알겠습니다, 송예슬 씨."

"씨는 빼고."

예슬은 주변을 한번 둘러보고는 주머니를 뒤졌다. 주머니에서 나온 것은 초코바였다.

"사냥하려면 에너지가 많이 필요할 텐데 이거라도 먹어."

"이게 뭐야? 예슬이 너 먹을 것을 숨겨 놓았어?"

예슬이 경호의 가슴을 손바닥으로 철썩 소리 나게 때렸다.

"날 뭘로 보고. 멧돼지가 음식을 먹어 치운 곳에서 찾았어. 흙에 묻혀 있었어."

"그래? 귀한 음식인데 네가 먹지."

"어제 고마움의 표시라고 생각해 줘."

경호는 초코바를 받아 주머니에 넣었다.

"그리고 조심해."

경호는 브이 자를 해 보였다.

"걱정 마. 그럼 바이."

버스를 돌아 나오자 창훈과 영상이 각자 한 손에 긴 창을 들고 기다리고 있었다. 계획대로 창 끝에는 일자 드라이버와 송곳이 달려 있었다. 아무리 큰 멧돼지라도 쉽게 잡을 수 있을 것 같았다.

"그럼 제군들, 사냥을 시작해 볼까?"

셋은 산속으로 들어가 주로 산등성이를 따라 이동했다. 음산한 골짜기는 낮에도 해가 잘 들지 않아 어둡고 혹시 호랑이나 곰 같은 맹수가 나올까 봐 되도록 피했다. 숲속 풍경은 우리나라와 대체로 비슷하긴 했지만 야자수를 비롯하여 잎이 넓은 나무들이 많이 보였다.

경호는 아직 직접 본 적이 없으니 멧돼지가 정말 있을지 의심했지만, 열대 지방 섬에서 생존하는 텔레비전 프로그램에서 멧돼지 사냥하던 장면을 떠올리며 마음을 다잡았다.

반쯤 올라갔을까 영상이 골짜기 쪽을 가리키며 소리쳤다.

"저기!"

창훈은 즉시 목에 걸려 있는 쌍안경으로 골짜기 쪽을 보았다.

"멧돼지다. 정말 멧돼지가 있어."

멧돼지는 무리를 이루고 있었는데 부모로 보이는 멧돼지 두 마리와 새끼들 세 마리였다. 멧돼지들은 땅속에서 먹을 것을 찾는지 코로 연신 땅을 비벼 댔다.

"일단 멧돼지가 있는 건 확인했으니, 이제 정상을 밟아 보자."

셋은 다시 산을 오르기 시작했다. 그러는 사이 멧돼지들을 세 번 더 목격했다. 멧돼지가 많은 것을 보니 사냥만 잘된다면 당분간 먹을 것은 걱정하지 않아도 될 것 같았다. 셋은 힘을 내 발걸음을 옮겼다. 이미 트여 있는 길이 없어서 체력은 두 배로 떨어졌다. 그렇게 세 시간을 올라간 끝에 가까스로 산꼭대기에 도달했다. 정상에서는 사방이 잘 보였다.

"제기랄, 섬이었네."

섬의 형태는 길쭉했다. 동쪽 해변에 버스가 작게 보였다.

"저기, 우리가 조난당한 곳이야."

창훈과 영상도 다가와 한마디씩 했다.

"우리가 처음 여기 둘러볼 때 오른쪽으로 걸었지? 그래서 해안선이 그렇게 길었나 봐."

"섬으로 밝혀진 이상 이제 걸어서 탈출할 수는 없게 됐어. 일단 당

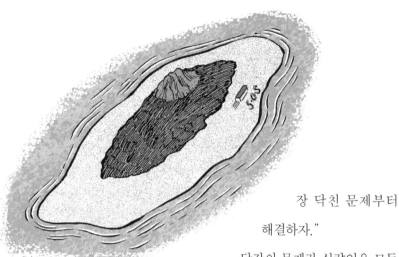

장 닥친 문제부터
해결하자."

당장의 문제란 식량임을 모두
알고 있었다. 셋은 산을 내려가기 시작
했다. 해는 이미 중천을 지나고 있었다. 아침
부터 먹은 게 없어 힘이 나질 않았다.

중간쯤 내려와 평평한 길목에 삽으로 땅을 팠다. 더운 날씨라 더
욱 고된 작업이었다. 체력을 아끼기 위해서 번갈아 가면서 팠다.
땀이 송글송글 맺히기 무섭게 뚝뚝 떨어져 내렸다. 불행 중 다행인
것은 땅이 단단하지 않아서 비교적 잘 파진다는 것이었다.

경호가 조금 쉬었다가 다시 삽을 땅에 힘차게 꽂았을 때였다.

'깡'

땅속에서 생뚱맞은 금속 마찰음이 들렸다. 잘못 들었나 싶어 같
은 위치에 삽을 다시 밀어 넣자 분명히 금속 마찰음이 들렸다.

"너희도 들었어?"

창훈과 영상이 빠르게 고개를 끄덕였다. 경호는 즉시 삽으로 흙

을 퍼냈다. 곧 검은 비닐봉지가 드러났다. 봉지를 찢어 안에 든 것을 바닥에 쏟아냈다. 음료수 캔, 담뱃갑, 과자 봉지 등이 나왔다. 경호가 쓰레기들을 하나씩 뒤지면서 말했다.

"음료수 이름은 쌕쌕, 담배는 솔이라고 쓰여 있어. 그리고 과자는 비29, 어디 보자. 유통 기한이 1987년도야."

영상이 신기한 듯 들여다보았다.

"오, 이 솔 담배는 시골 할머니 댁에서 사진으로 본 것 같아. 삼촌이 이 담배를 들고 있었어. 그나저나 미국에서 한국 제품이 나와? 이걸 어떻게 설명할 수 있지?"

영상이 창훈을 건너다보았다. 창훈은 뺨을 실룩대며 골똘히 생각에 잠겨 있었다.

"역시, 창훈이 좌뇌를 풀가동하는 중이구나. 오른쪽 뺨이 씰룩거리는 걸 보니."

"집으로 돌아갈 수 있을 것 같아."

경호는 창훈이 하는 말을 단번에 이해했다. 경호가 캔을 바닥에 놓으며 일어섰다.

"이 쓰레기는 우리에게 희망이야. 30년 전 한국 쓰레기가 발견된다는 건 전에 여기에 사람이 있었다는 거지. 그 사람들은 어디로 갔을까?"

창훈이 경호의 말을 받았다.

"다시 돌아갔겠지. 우리나라 태백산맥 낭떠러지 어딘가에는 이곳 지구 반대편으로 시공간을 연결하는 차원의 문이 있는 거야!"

"죽었을 수도 있지 않을까?"

"해안에는 우리 버스 말고는 사람의 흔적이 없었어. 여기서 죽을 때까지 살았다면, 시체나 뭔가 생활 흔적이 있어야 하는데 없어."

경호는 고개를 끄덕였다.

"이 쓰레기는 그냥 버린 게 아니라 일부러 땅 깊숙이 묻었다고 봐야 해. 왜 자신의 흔적을 숨겼을까?"

"글쎄, 그건 알 수 없지."

생각이 깊어만 가는 두 친구를 현실로 불러온 것은 영상이었다.

"좋아, 친구들, 여기서 탈출하는 길이 분명히 있다는 거잖아? 탈출구를 찾으려면 일단 식량을 구해야 하지 않겠어? 인정?"

"어, 인정."

셋은 다시 함정을 만들기 시작했다. 탈출구가 있다고 생각하니 힘이 솟아났다. 구덩이를 다 파고 그 위를 나뭇가지와 나뭇잎으로 덮어 위장했다. 함정에서 위쪽으로 이동하며 멧돼지 무리를 찾아다녔다. 얼마 가지 않아 멧돼지 무리를 발견했다. 셋은 들키지 않게 바닥에 엎드렸다. 영상이 작은 목소리로 속삭였다.

"그래도 내가 운동 신경이 가장 좋으니 멧돼지 쫓는 일을 맡을게."

경호가 창훈의 창을 뺏어 들더니 말했다.

"좋아, 나는 영상이 옆에서 서포트할게. 창훈이 넌 함정 근처에 있다가 멧돼지가 빠지면 마무리 역할을 해."

창훈은 금테 안경을 벗어 웃옷으로 문질러 닦으며 말했다.

"할 수 없군."

준비를 마치자 경호는 예슬이 준 초코바를 꺼냈다.

"전투에 임하기 전에 마지막 식사를 하자고."

초코바를 보자 둘의 눈이 휘둥그레졌다. 경호는 초코바를 세 등분으로 나누며 말했다.

"오해하지 마. 내가 숨겨 놓은 게 아니라, 아까 반장이 고맙다며 준 거야."

창훈과 영상은 군말 없이 초코바 조각을 받아 입에 넣었다. 입안에 당분이 들어가자 희열이 밀려왔다. 경호는 이 섬에서 나가자마자 초코바를 무한정 먹겠다고 다짐했다.

"그럼 오늘 밤 바비큐 파티를 기대하며 시작하자고."

창훈은 함정 쪽으로 내려갔고, 경호와 영상은 멧돼지가 있는 쪽을 크게 돌아 함정 반대편으로 올라갔다. 경호가 옆을 보자 영상은 한 번도 본 적 없는 매서운 눈빛을 하고 있었다.

"영상아, 준비됐어?"

영상은 대답 대신 비장하게 고개를 끄덕였다. 경호와 영상은 크게 심호흡하고는 자리에서 일어섰다.

"우끼끼~~~~~"

경호와 영상은 괴상한 고함을 치면서 멧돼지를 향해 뛰어 내려갔다. 멧돼지 무리도 순간 놀랐는지 사방으로 흩어졌다. 경호는 뛰면서 제일 작은 멧돼지를 가리켰다.

"영상아, 저 작은 녀석을 타깃으로 삼자."

"오케이. 양옆에서 몰아가자."

둘은 멧돼지 새끼를 몰아가려고 양쪽으로 갈라졌다. 멧돼지 새끼도 위기를 느꼈는지 꽤엑 하고 비명을 질렀다.

그때였다. 새끼의 비명 소리를 들었는지 사람만 한 멧돼지가 나타나 영상 쪽으로 달려갔다. 영상은 함정 쪽으로 전속력을 다해 달렸다. 하지만 아무리 인간이 운동을 잘한다 해도 멧돼지보다 빠를 수는 없었다. 영상은 멧돼지한테 달리기로는 이길 수 없다고 판단하고 멈췄다. 그러고는 창을 들고 맞설 준비를 했다.

멧돼지가 다가오는 순간 제자리에서 점프하면서 창을 멧돼지 등에 꽂아 넣었다. 멧돼지는 충격을 안 받았는지 뒤로 돌아 영상의 엉덩이를 냅다 들이받았다. 화가 풀리지 않았는지 바닥에 쓰러져 있는 영상을 머리로 계속 밀어 댔다. 영상을 구하기 위해 경호가 창을 들고 뛰어갔지만 거리가 아직 멀었다.

산속에 영상과 멧돼지의 비명이 가득 울려 퍼졌다. 위기의 순간에 나타난 것은 창훈이었다. 함정 근처에 있던 창훈은 한 손에 들고 있던 염산 병을 멧돼지 얼굴을 겨냥하고 던졌다. 염산을 맞은 멧돼지 눈 부분에서 하얀 연기가 피어올랐다. 그제야 고통이 느껴졌는지 멧돼지는 방향을 돌려 산속으로 뛰어 올라갔다. 그때 경호도 영상에게 도착했다.

"영상아! 괜찮아?"

영상은 낮은 신음을 뱉었다.

"으…… 엉덩이가."

엎드려 있는 영상의 바지는 너덜너덜했다. 경호는 천천히 바지를 벗겼다. 멧돼지 어금니에 한쪽 엉덩이가 찢겨져 있었다.

"상처가 깊어. 괜찮은 거야?"

"모, 모르겠어."

경호는 자신의 웃옷을 벗어 상처 부위를 단단히 동여맸다.

"걸을 수 있겠어?"

영상은 경호와 창훈의 부축을 받아 자리에서 일어났다. 다리에 힘을 주어 살짝 걸어 봤다.

"으…… 아프긴 하지만 깊은 상처는 아닌가 봐."

"일단 버스로 가자. 세균에 감염되면 안 되니까 알코올로 소독을 하고 치료 방법을 찾아보자."

경호와 창훈은 영상을 양쪽에서 부축하고는 천천히 산을 내려갔다. 아픈 와중에도 영상은 농담을 던졌다.

"아, 바비큐, 언젠간 먹고 말 거야."

"야, 인마. 엉덩이에 구멍 난 놈이 농담이 나오냐?"

"농담 아니야. 우리는 멧돼지가 도망 갈 줄만 알았지, 따라올지는 몰랐잖아. 이제 따라오는 것을 알았으니 잡을 방법도 있을 거야."

"송곳을 깊게 찔러 넣었는데도 끄떡없었어. 이 섬에서 멧돼지는 천하무적이라고."

영상은 창훈을 쳐다보았다.

"과학 박사! 니 과학 지식으로 어떻게 안 되겠냐?"

"이놈 보게. 죽다 살아서는 바비큐 타령이네."

창훈은 영상의 부상 부위를 손으로 살짝 때렸다. 그제야 영상이 비명을 질러 댔다.

"으악, 내 엉덩이!"

"하하하. 좋아. 일단 엉덩이만 나으면 그때 바비큐 파티를 하자고."

삼총사가 산에서 거의 내려왔을 때 버스 주변이 시끌시끌했다.

"왜 이렇게 활기차지?"

"글쎄."

삼총사를 보자 용준이 뛰어왔다.

"얘들아, 선생님이 드디어 깨어나셨어."

담임 선생님은 오전에 삼총사가 산에 오르자마자 정신을 차렸다. 선생님도 여기에 온 이유는 알 수 없고, 절벽에서 떨어진 기억만 있다고 했다. 평소 무기력함은 온데간데없고 혼자 산에 오르더니 식량을 마련했다고 했다. 돼지감자라는 거였다.

"돼지 대신 돼지감자인가."

경호와 창훈은 서로 마주 보고 피식 웃으며 영상을 버스 옆 천막

안으로 데려갔다. 삼총사를 본 선생님이 셋을 맞이했다. 오래 깨어
나지 못했던 선생님은 마치 다시 태어난 것처럼 얼굴에 생기가 돌
았다.

"영상이 왜 이러냐? 여기 빨리 눕혀."

영상을 눕히고 창훈은 자신의 엉덩이를 한 손으로 팡팡 쳤다.

"멧돼지 사냥을 하다가 멧돼지한테 엉덩이를 받혔어요."

선생님은 눈썹을 찌푸렸다.

"뭐? 멧돼지? 왜 그런 위험한 짓을 했어. 멧돼지가 얼마나 빠르
고 강한 동물인데."

"알아요. 그러니 저렇게 당했죠."

"그래, 알겠다. 너희도 배고프지?"

선생님은 반장을 불렀다.

"예슬아? 반장아?"

학생들 무리에 있던 예슬이 머뭇머뭇 다가왔다.

"얘들 몫의 돼지감자 좀 갖다 줄래?"

예슬은 왜인지 경호의 얼굴을 똑바로 바라보지 못하고 말했다.

"네. 따……라와."

선생님은 다른 학생들을 내보낸 뒤에 영상의 엉덩이를 치료해
주었다. 다행히 선생님은 구급상자를 가지고 있었다. 졸업여행 필
수품인 구급상자는 선생님이 가방에 보관했다고 했다.

충분한 양은 못 되었지만 구운 돼지감자를 먹으니 다들 조금씩

에너지를 공급받을 수 있었다. 어느덧 해는 지고 또 하룻밤이 지나 갔다.

다음 날부터 선생님은 학생들을 아침 일찍 깨웠다. 살아가려면 먹을 것을 구해야 한다고 남학생들을 숲속으로 데려갔다. 선생님은 알고 보니 어린 시절 시골에서 자랐다고 했다.

"어렸을 때 산이고 들이고 뛰어다니면서 먹을 걸 구했다. 어제 돼지감자는 알려 줬지? 오늘은 참마를 알려 주마."

선생님은 한 식물의 잎을 잡으며 말했다.

"참마는 덩굴 식물로 잎이 이렇게 하트 모양이란다. 잘 기억해라."

그러더니 삽으로 덩굴 식물 아래 흙을 팠다. 몇 번 흙을 파니 기다란 뿌리가 나왔다. 캐낸 뿌리의 흙을 툭툭 털더니 양손으로 잡고 반으로 뚝 잘랐다. 잘라 낸 뿌리의 하얀 면에서 진액이 흘렀다.

"이 참마도 구워 먹으면 맛이 기막히지."

선생님은 어쩐지 신이 나 보였다. 학교에서는 무기력하기만 했던 선생님이 섬에서 힘을 되찾다니, 좋은 일이라고 볼 수도 있었지만 너무 넘치는 것이 문제였다. 경호는 지금 선생님 상태가 괜찮은 건지 의문이 들었다.

"선생님, 선생님 성함과 무슨 과목 교사인지 말씀해 보세요."

선생님은 평소처럼 화를 내는 대신 미소를 지으며 고개를 끄덕이고는 말했다.

"내 이름은 이진우, 수학 과목을 가르치지. 지금 위기 상황이고 선생님은 너희와 함께 어떻게든 이 상황을 이겨 낼 거야."

"네, 하지만 선생님께서 평소와 다르게 힘이 넘치시는 것 같아서요."

"하하, 내가 뭘? 난 언제나 힘이 넘쳤다고."

선생님은 팔을 니은 자로 구부려서 보잘것없는 알통을 보여 주었다. 선생님의 오버 액션을 뒤에서 지켜보던 경일이 자신의 패거리에게 중얼거렸다.

"머리 다치더니 더 맛탱이가 갔네."

하지만 그 말은 모두에게 들렸다. 예전 같았으면 선생님은 경일의 예의 없는 행동을 무시하고 지나쳤겠지만, 지금의 선생님은 분명히 다른 사람이었다.

"오경일! 다 들린다. 너도 굶고 싶지 않으면 선생님 말에 따르도록 해라. 일하지 않는 자에게 먹을 것은 없어."

경일의 안색이 변했지만 굶기는 싫었는지 입을 다물었다.

선생님은 개암이나 밤 등의 나무 열매가 혹시 있는지 찾아다녔고, 작은 동물을 잡으려고 줄로 올가미를 만들기도 했다. 그리고 산속에서 고구마가 나온다면서 몹시 즐거워했다.

"너희, 고구마 원산지가 중남미인 거 몰랐지? 하하."

올가미에는 토끼가 잡혔는데 30명의 성장기 학생이 배불리 먹기에는 턱없이 부족했다. 경호와 창훈은 천막에 누워 있는 영상에게 갔다.

"이봐, 철학 박사, 누워만 있으니 답답하지?"

"누워만 있다니? 이 형님께서는 멧돼지를 어떻게 잡을지 생각하셨다."

영상은 머리맡에 있던 노트를 가져다가 자신이 그린 그림을 펼쳐 보였다.

"너희들, 이 그림이 무엇을 뜻하는지 알겠어?"

경호는 그림의 의미를 한눈에 알 수 있었다.

"음. 일리가 있어. 멧돼지를 다시 유인해서 통나무로 한 방에 보낸다, 이거잖아."

"그렇지. 하지만 얼마나 큰 통나무면 될지, 나무가 떨어지는 데 시간이 얼마나 걸릴지 알 수가 없단 말이지."

"허허허, 내가 나설 때가 왔군."

창훈이 할아버지 같은 웃음소리를 내더니 금테 안경을 벗어 웃옷으로 닦았다.

"너희 역학적 에너지 보존 법칙 배운 것 기억나?"

경호와 영상의 눈빛이 흔들렸다. 배웠다고 해도 기억이 나지 않는 게 분명했다.

"역학적 에너지는 위치 에너지와 운동 에너지의 합이야. 이 합은 어디서나 동일하다는 건데."

창훈은 노트를 펼치더니 공식을 적기 시작했다.

위치에너지 $E_P = mgh$ / 운동에너지 $E_K = \frac{1}{2}mv^2$

※ m(질량), g(중력 가속도), h(높이), v(속도)

공식을 생전 처음 보는 양 경호와 영상의 미간에 주름이 잡혔다.

"이것으로 무엇을 알 수 있는데?"

"통나무가 바닥에 도착했을 때 속도를 계산할 수 있지. 통나무가 100kg이고 처음 통나무가 있던 높이가 2m라고 가정하고, 이 통나무가 그네처럼 빠르게 떨어져 30cm 높이까지 내려온다면……"

창훈은 노트에 계속해서 공식을 적었다. 그러고는 수학자처럼 복잡한 계산을 시작했다.

$$E_P(처음 높이) = E_P(나중 높이) + E_K$$

$$mgh(처음 높이) = mgh(나중 높이) + \frac{1}{2}mv^2$$

m을 소거하고, 처음 높이 2m, 나중 높이 0.3m를 대입하면,

$$2g = 0.3g + \frac{1}{2}v^2, \text{ 이때 } g는 9.8이므로$$

$$v^2 = 3.4 \times 9.8 = 33.32$$

$$v = 5.77m/s$$

신들린 것처럼 계산을 마친 창훈은 흐뭇한 표정으로 말했다.

"통나무가 바닥에 도달하는 속도는 무려 5.77m/s야. 이 정도면 멧돼지가 받는 충격량은 상상할 수도 없지. 반드시 성공할 거야."

경호는 공식을 한참 바라보다가 문제가 있는 걸 알았다. 통나무를 놓은 후 바닥에 도달하기까지 걸리는 시간을 알아야 멧돼지를

정확히 유인하고 가격할 수 있기 때문이었다.

"네 공식으로 충분한 충격을 가할 수 있다는 건 알겠어. 하지만 작전이 성공하려면 통나무가 바닥에 도달하는 시간을 알아야 해."

창훈은 그것도 예상했다는 듯 다시 노트에 공식을 적었다.

"너희가 날 시험하는구나. 등가속도 운동 법칙을 설명하지. 먼저 질문 하나 할게. 우리 지구상의 모든 물체는 어떤 힘을 받고 있어. 뭐지? 둥근 지구 어디서라도 땅 위에 서 있을 수 있게 하는 힘 말야."

경호가 바로 대답했다.

"중력이지."

"맞아. 모든 공중에 있는 물체는 중력을 받아 떨어지고, 속도가 점점 빨라지게 마련이야. 그게 바로 중력 가속도지."

창훈이는 빠르게 공식을 하나 적어 보였다.

$$h = v_0 t + \frac{1}{2}gt^2$$

※ h(높이차), v_0(처음 속도), t(시간), g(중력 가속도)

"통나무의 높이 변화는 1.7m지? 처음 속도는 당연히 0이고. 거기에 중력 가속도 9.8을 넣으면……"

$$1.7 = \frac{1}{2} \times 9.8t^2$$

$$t^2 = \frac{3.4}{9.8} = 0.3469$$

$$t = 0.5889초$$

창훈은 어려운 계산을 또 한 번 끝내고 거만한 표정으로 말했다.

"친구들아, 약 0.6초 만에 통나무가 바닥으로 떨어진단다."

1초도 안 되는 찰나의 시간. 뒤에서는 멧돼지가 따라오고 앞에서는 100kg의 통나무가 내려온다. 웬만한 용기와 운동 신경이 아니라면 타이밍을 맞추기 힘들 것이다. 경호는 고개를 절레절레 흔들었다.

"우리가 피하면서 멧돼지를 가격하기에는 시간이 너무 짧아. 강심장이 아니라면 어렵겠어."

창훈은 어깨를 으쓱해 보였다.

"난 계산만 했을 뿐, 방법은 너희가 찾아야지."

영상은 가만히 생각하더니 손가락을 튕겨 딱 소리를 냈다.

"슬라이딩하듯이 누우면 돼."

창훈도 덩달아 손가락을 튕겼다.

"옳지. 좋은 방법이야. 근데 누가 멧돼지를 유인하지? 보시다시피 나와 경호는 운동에는 꽝이고, 영상이는 다쳤으니 안 되고."

두 친구가 경호를 바라보자 경호는 손가락으로 버스를 가리켰다. 아까부터 버스에서 담임 선생님의 시끄러운 목소리가 들려왔다.

담임 선생님도 처음에는 멧돼지 사냥에 반대했다. 멧돼지가 너무 위험하고 타이밍 맞추기가 쉽지 않다는 점 때문이었다. 하지만 창훈이 "선생님, 우리 같은 성장기 학생들은 매일 단백질을 섭취해야 해요."라고 설득하자 결국 통나무 작전에 합류하게 되었다.

막상 작전에 합류하자 선생님은 손이 열 개 달린 것처럼 빠르게 지시를 시작했다. 남학생들을 통나무 트랩 만드는 데 투입시켰다. 통나무를 자르는 팀, 덩굴 식물을 몇 겹으로 겹쳐 줄을 만드는 팀 등으로 나뉘어 한나절 만에 두 군데의 트랩을 만들었다.

그래도 위험한 도전인 건 여전했으므로 실제 작전에는 최소한의 인원만 올라가기로 결정했다. 이럴 때야말로 평소 모험을 즐기는 척했던 오경일이 나서야 하는 것 아니냐는 여론이 모아졌다. 하지만 경일은 "미쳤냐? 숫자 계산으로 무슨 멧돼지를 잡아?"라고 빈정거릴 뿐이었다. 결국 멧돼지 사냥을 한 차례 경험한 삼총사와 선생님이 투입되었다.

선생님은 멧돼지를 유인하는 미끼 역할, 영상과 경호는 각 트랩 위 나무에 올라가서 줄을 풀어 통나무를 떨어뜨리는 역할을 맡았다. 선생님은 창훈에게 잔류하라고 했지만 창훈은 만에 하나 위험에 대비해 남아 있는 염산 병을 가지고 따라가겠다고 했다.

"선생님, 새끼 멧돼지를 쫓아가세요. 그러면 어미가 자연스럽게 따라올 겁니다.”

“알았다. 각자 자기 위치 지키고, 멧돼지가 따라오면 호루라기를 불게. 호루라기 소리가 들리면 준비해. 그리고 창훈이는 숨어 있다가 상황이 안 좋게 돌아가면 재빨리 나와서 염산을 뿌려 줘.”

창훈은 힘주어 고개를 끄덕였다.

“좋아. 경호, 영상, 창훈아, 손을 앞으로 모아라.”

선생님이 먼저 손을 내밀었고, 삼총사는 선생님 손 위에 손을 쌓았다. 선생님은 세 학생과 눈빛을 하나하나 맞추었다.

“좋아. 하나, 둘, 셋. 파이팅!”

기세 좋게 파이팅하고 각자의 위치로 갔다. 경호는 나무 위에 적당한 자리를 잡고 숲속을 보았다. 언제라도 선생님이 멧돼지를 유인해 오면 통나무를 고정시킨 밧줄을 풀 수 있도록 자세를 잡았다.

그런데 한참이 지나도록 선생님이 나타날 기미가 보이지 않았다. 긴장감이 사라져 갈 즈음 멀리서 호루라기 소리가 들렸다.

호루루루~

소리는 영상이 있는 트랩 쪽에서 났다. 경호는 재빨리 나무에서 내려와 드라이버가 달린 창을 들고 달렸다. 작전이 들어맞았는지 선생님은 죽기 살기로 뛰고 있었고, 잔뜩 성난 멧돼지가 그 뒤를 따랐다. 연습한 대로 영상은 정확한 타이밍을 맞춰 밧줄을 풀어 트랩을 작동시켰다. 통나무는 큰 호를 그리며 무서운 속도로 낙하했다.

"선생님, 슬라이딩!"

외침과 동시에 선생님이 바닥으로 미끄러졌다.

우직근~

꽤~ 엑~

둔탁한 소리에 멧돼지의 새된 비명이 이어졌다. 멧돼지는 그 큰 충격을 받고도 비틀거리며 일어섰다. 경호는 창을 들고 멧돼지 목을 노리며 돌진했다. 그와 동시에 영상도 나무 위에서 뛰어내려 창을 겨누고 달려갔다.

"니 엉덩이도 한번 당해 봐!"

다시 한번 숲속에 멧돼지의 비명 소리가 메아리쳤다. 멧돼지는 비틀거리며 숲속으로 들어가려 했지만, 몇 번이나 바닥에 쓰러졌다. 작전 성공이었다. 마지막 힘을 쥐어짜 내고 곧 쓰러질 것이다.

"서, 성공이다!"

삼총사와 선생님은 서로를 얼싸안았다. 선생님이 기쁨에 차 소리쳤다.

"오늘 밤은 바비큐 파티다!"

"하하하, 소독용 알코올도 있으니 진짜 알코올은 선생님 드리죠."

"뭐? 술이 있어?"

"오경일이 가지고 온 양주가 한 병 있어요. 혹시나 소독용으로 쓸까 하고 보관하고 있었습니다."

선생님의 동공이 흔들렸다. 어른들은 술이 그렇게 좋을까?

"아, 안 돼. 안 마실 거야."

삼총사는 자신들의 귀를 의심했다. 선생님이 술을 거부하다니.

선생님은 과거를 회상하는 듯이 다소 아련한 표정으로 말했다.

"나, 무기력한 선생님인 거 알아. 하지만 선생님도 원래 그러지는 않아. 처음에는 열정으로 가득했지. 세월이 흐르고 학교도 바뀌면서 지친 것뿐이야. 교사를 신고하는 학생, 교사를 때리는 학부모. 별별 일을 다 겪었고, 다 지겨웠어. 그래서 학교와 학생으로부터 도망쳐 술독에 빠졌던 거지."

선생님은 삼총사를 돌아보았다. 얼굴에는 다시 생기가 돌았다.

"조난당하고 깨달았어. 내가 학생들을 멀리하면 할수록 학생들도 나를 멀리한다는 것을. 이제는 학생에게 다가가기로, 내가 먼저 바뀌기로 마음먹었다고."

경호는 선생님이 왜 이러는지 알 수 없었다. 하지만 영상이 말했던 해골 물의 깨달음을 얻은 것이 아닐까, 어렴풋이 짐작했다.

"선생님! 멧돼지 손질하려면 어두워지기 전에 서둘러야 하지 않겠어요?"

"좋아. 나를 따르라."

숲속으로 들어가자 쓰러진 멧돼지가 눈에 들어왔다. 옆에는 새끼 멧돼지 한 마리가 어슬렁거렸다. 선생님은 아이처럼 기뻐했다.

"오! 일타이피, 새끼 멧돼지는 보너스구나."

새끼 멧돼지는 그것도 모른 채 쓰러져 있는 어미의 냄새를 킁킁

대고 맡았다. 선생님은 창을 들고 새끼 멧돼지에게로 살금살금 다가갔다.

경호는 죽은 어미의 곁에서 킁킁거리는 새끼 멧돼지를 바라보았다. 이 섬에 조난당해서 부모와 만나지 못하는 자신들의 처지와 같아 보였다. 아무리 위급 상황이라도 새끼 멧돼지까지 먹고 싶지는 않았다. 경호는 주변을 돌아보고 나무 막대기를 주웠다. 그리고 창훈과 영상을 보았다. 경호의 마음을 이해했는지 둘은 고개를 끄덕였다.

경호가 새끼 멧돼지 옆쪽으로 나무 막대기를 던지자 새끼 멧돼지가 깜짝 놀라 고개를 들었다. 창훈은 '까오옷~' 괴상한 소리를 지르며 새끼 멧돼지에게 달려갔고, 영상은 선생님이 들고 있는 창을 붙잡았다.

그렇게 새끼 멧돼지는 놀라서 숲속으로 달아났다. 선생님은 어이가 없는 표정으로 삼총사를 돌아봤다.

"인마들아, 식량을 쫓아 버리면 어떡해?"

셋은 울지도 웃지도 못하는 표정을 지었다. 그제야 선생님도 삼총사의 마음을 읽었는지 '허' 하고 웃고 말았다.

4 장

이 판국에
연애

섬에서의 담임 선생님은 이전과 전혀 다른 사람 같았다. 아무리 시골 출신이라고 해도 저럴 수 있을까? 마치 〈나는 자연인이다〉를 보는 것 같았다.

선생님은 반장이 가져온 가위를 분리해서 짱돌에 갈더니 날카로운 칼을 만들었다. 그러고는 학생들에게 피를 보게 할 수 없다며 혼자서 멧돼지를 손질했다. 물을 끓일 솥이 없으니 불을 크게 피워 바비큐를 해 주었다. 며칠간 버스 내부 등을 켜 놓아서 버스 배터리가 약해졌는데, 버스의 시동을 걸면 다시 충전된다는 사실도 알려 주었다. 오랜 생존을 위해 전기를 아껴야 한다고 했지만, 바비큐 파티 때만은 전조등을 켜서 밝은 분위기를 만들어 주었다. 지쳐 가던 학생들도 잠시나마 행복하게 웃을 수 있었다.

삼총사도 배불리 먹고 해변으로 나와 하늘의 별을 보고 있었다. 그때 반장 예슬이 다가왔다. 경호는 얼른 예슬을 반겨 주었다.

"예슬아. 어서 와."

예슬은 잠시 쭈뼛거리다가 마음을 정했는지 경호 옆자리에 앉았다.

"창훈이에게 별자리 강의를 듣고 있었어. 창훈이가 과학만은 반장 너보다 잘할걸."

예슬도 오늘은 기분이 좋은지 활기찬 목소리로 말했다.

"알고 있어. 별명이 과학 박사라면서?"

창훈은 신이 났는지 별자리 강의를 시작하려 했다.

"그럼그럼. 저기 보이는 별 있지? 저게 시리우스고 저기 보이는 별이 베텔기-"

옆에 있던 영상이 창훈의 입을 틀어막았다.

"숙녀가 왔는데 지루한 강의는 참아 줘."

예슬이 그 모습을 보고 재미있는지 웃었다.

"영상이는 철학 박사라면서? 왜 철학 박사야?"

입에서 영상의 손을 떼어낸 창훈이 얼른 대답했다.

"말이 좋아 철학 박사지. 한마디로 애늙은이야. 생각하는 게 우리 아빠랑 똑같아."

그 말에 모두 크게 웃었다.

"삼총사, 너희에게 할 말이 있어. 미안하고 고마워."

갑작스러운 고백에 삼총사는 어리둥절해져서 예슬을 바라봤다. 예슬은 바다를 보며 말을 이었다.

"나는 학교에서 너희가 엉뚱한 짓만 하고 다닌다고 생각했어. 그래서 무시한 적도 많아. 미안하다고 한 것은 그에 대한 사과이고, 고맙다고 한 것은 여기서 나를 도와줬을 뿐 아니라 친구들을 위해 위험을 무릅쓰고 멧돼지 사냥을 해서 배부르게 해 준 데 대한 거야."

경호가 자신의 가슴을 치면서 과장되게 말했다.

"하하하, 고맙긴, 우리 과학 탐정 삼총사가 당연히 해야 하는 일인걸. 예슬아, 앞으로도 문제가 있다면 우리에게 맡겨 줘."

바다를 보고 있던 예슬이 고개를 돌리자 경호와 눈이 마주쳤다. 예슬의 동그란 눈이 반짝 빛나는 듯했고, 살짝 미소 짓는 입술은 앵두 같았다. 살랑살랑 부는 바람에 검은색 단발머리가 미세하게 흔들렸다.

그 모습을 본 경호는 숨이 턱 막혔다. 마른침이 꼴깍하고 넘어갔다. 그런 경호를 의식했는지 예슬도 볼이 살짝 붉게 물들며 시선을 바다로 돌렸다.

그때 버스 쪽에서 담임 선생님이 예슬을 찾는 소리가 들렸다.

"가 볼게. 앞으로 잘 부탁해."

경호는 예슬이 버스로 뛰어가는 뒷모습을 멍하니 쳐다보았다.

"뭘 그렇게 쳐다보냐?"

창훈의 산통 깨는 목소리에 경호는 나갔던 정신이 돌아왔다.

"아, 아니. 예슬이가 큰일을 겪었는데 다시 힘을 내는 것 같아서 다행이다."

"반장 성격에 의기소침한 것도 이상하지. 우리 저쪽 바위로 가 보자. 반대쪽 별도 관찰해 봐야지."

삼총사는 해변 끝에 있는 바위로 갔다. 바위에 다가가자 여학생 의 우는 목소리가 들렸다. 경호는 적을 발견한 군인처럼 손을 들었 다. 그러고는 목소리를 살짝 낮추어 말했다.

"여자가 우는 소리가 나는데? 귀신 아닐까?"

창훈은 얼토당토않은 소리를 한다는 표정을 지었다.

"귀신이 없다는 걸 과학적으로 또 설명해야 해?"

"아니, 됐어. 무슨 일인지 가 보자."

셋은 울음소리가 나는 곳으로 조용히 다가갔다. 바위로 둘러싸 인 모래밭에 남학생과 여학생이 앉아 있었다. 여학생은 고개를 자 신의 무릎에 파묻은 채였다. 삼총사는 둘의 모습이 잘 보이는 바위 위에 자리를 잡고 앉았다. 경호가 목소리를 한껏 낮추어 말했다.

"우리 반 공식 커플인 최건희와 정다혜인데."

"그러게. 싸웠나? 일단 무슨 말을 하는지 들어 보자."

상황을 보니 다혜는 그냥 울고 있고, 건희는 어쩔 줄 몰라 당황 하는 모습이었다. 건희가 다혜의 어깨를 잡으며 위로했다.

"다혜야, 울지 마. 도대체 왜 그러는 거야?"

다혜는 울먹이는 목소리로 말했다.

"싫어. 모든 것이 다 싫단 말이야. 이 섬에 언제까지 있어야 하는 거야?"

"그래도 힘내서 참아야지. 모두 다 힘들지만 잘 참고 있잖아."

"그게 싫다고. 나는 지금 이 상황이 끔찍하단 말이야."

"그러니까 뭐가 끔찍하냐고? 그걸 말해 주면 내가 해결해 줄게."

다혜는 고개를 들어 건희를 쨰려보았다. 무언가 말하고 싶은 듯 입술이 달싹거렸지만 포기했는지 다시 고개를 무릎에 묻었다. 건희는 다혜의 어깨를 감쌌다. 하지만 다혜는 건희의 손을 뿌리치며 일어섰다.

"우리가 사귄 지 오래된 건 아니지만 넌 어쩜 그럴 수 있니? 여자 친구는 안중에도 없고, 여기서 생존하는 것만 중요해?"

건희는 친구 수환과 열심히 일했다. 선생님을 따라서 돼지감자, 참마 등을 구하러 다니느라 하루 종일 산에 있었다. 분명 다혜는 그런 이야기를 하는 것이다. 하지만 조난당한 섬에서 생존이 가장 중요한 건 진리일진데, 생존이 중요하냐니? 경호는 다혜의 말을 이해할 수 없었다. 건희도 마찬가진지 목소리가 다소 까칠해졌다.

"그럼 나보고 어떡하라는 거야? 일단은 여기서 살고 봐야 할 것 아니야?"

다혜는 물을 가득 머금은 눈으로 건희를 바라봤다. 잠시 후 떨리는 입술이 움직였다.

"그러니 우리 사이 여기서 끝내. 친구들이랑 잘 살아 봐."

다혜는 그 말을 끝으로 바위 사이를 빠져나가 버스로 달려갔다. 건희는 잡을 생각도 하지 않고 조약돌을 하나 들어 바다로 힘껏 던졌다.

창훈이 작게 말했다.

"사랑싸움이군."

건희는 돌을 집어 몇 번을 더 바다로 던졌다. 답답한 마음을 돌에 실어 보내듯이. 그러다 건희도 외로움이 폭발했는지 울음을 터뜨렸다.

우는 건희를 보며 창훈이 혀를 찼다.

"쯧쯧. 저 녀석 차였다고 우네."

"우리가 가서 위로해 주자고."

영상은 일어서려는 경호와 창훈의 어깨를 잡았다. 둘이 왜 그러냐는 눈빛을 보내자 영상이 고개를 가로저었다.

"가끔 혼자 있고 싶을 때가 있을 거야. 건희도 생각할 시간이 필요할 텐데 오늘은 그냥 물러서자고."

역시 철학 박사다운 배려심이었다. 그렇게 각자의 슬픔을 간직한 채 또 하룻밤이 지나려 했다. 깊은 밤, 하늘 위에는 하현달이 빛나고 있었다.

다음 날, 또 선생님의 시끄러운 목소리에 모두 일어났다. 선생님은 물길을 하나 만들자고 제안했다. 숲속으로 조금만 들어가면 개울이 흐르고 있었는데, 지금까지는 모두 같이 거기서 물을 퍼다 마시고 몸을 씻고 있었다.

선생님의 시골살이는 물 문제에서도 위력을 발휘했다. 선생님은 개울물을 먹을 수 있다고 단언했는데, 그 이유는 1급수에서만 사는 가재와 옆새우가 발견됐기 때문이었다.

그리고 개울가에 나무 기둥과 나뭇가지들을 이용하여 목욕탕도 만들었다. 처음에 선생님은 남녀 목욕탕 사용 시간을 나누어 정했다. 하지만 여간 불편한 것이 아니었다. 시간을 착각한 남학생들과 목욕탕에서 자주 맞닥뜨려 여학생들이 불편을 호소했다. 그래서 선생님은 물길을 하나 더 만들자고 한 것이다.

선생님은 시냇물의 상류에서 물길을 하나 터서 두 갈래로 나누고 남자용과 여자용 목욕탕을 따로 만들자고 했다. 남학생들도 그간 여학생들 눈치를 보면서 씻는 것이 피곤했던지 모두 군말 없이 선생님을 따라 산으로 올라갔다.

물길을 내는 작업 내내 건희는 말이 없었다. 당연히 사랑싸움 때문에 그럴 것이다. 작업을 마치고 모두 해변으로 내려갔지만 건희는 혼자서 바위에 걸터앉아 있었다. 삼총사는 힘없는 건희에게 다가갔다.

"어이, 최건희 군. 왜 이렇게 고독을 씹고 있나?"

건희는 삼총사를 힐끗 보더니 다시 하늘로 눈을 돌렸다. 삼총사는 건희 옆의 바위에 걸터앉았다. 분위기를 바꿔 보고자 영상은 여학생들을 헐뜯기 시작했다. 현재 건희의 불만을 대신 이야기해 주는 고도로 계획된 대화법이었다.

"도대체 여자들 마음은 이해할 수가 없어. 우리 남자들은 생존을 위해 이렇게 일하고 있는데. 힘내라고 하지는 못할망정 화장실 만들어 내라, 목욕탕 만들어 내라."

건희가 영상을 보며 날름 말을 받았다.

"그러니까 말이야. 어려운 상황을 극복하려고 노력하고 있는데…… 말을 말자."

"아까 보니 너 다혜랑 좀 안 좋아 보이던데 싸웠냐?"

"싸운 정도가 아니라 끝났어. 우리 사이는 이제 끝이야."

건희는 그렇게 말하면서도 눈빛은 여전히 다혜를 생각하는 것 같았다.

"넌 어때? 진짜 이대로 끝낼 거야?"

"다혜의 수수께끼 같은 말의 의미를 찾지 못하면 끝나겠지."

"좋아, 수수께끼 하면 우리 과학 탐정 삼총사 아니냐. 우리가 해결해 줄 테니 속 시원히 얘기해 봐."

건희는 삼총사의 얼굴을 하나하나 쳐다보았다.

"근데 너희 연애는 해 봤냐?"

건희 말은 복싱 선수의 카운터펀치처럼 셋을 강타했다. 사실 삼총사는 여자 친구를 한 번도 사귀어 본 경험이 없기 때문이었다. 경호는 헛기침을 한번 하고는 말을 이었다.

"여하튼 우리는 수수께끼 전문이니 일단 말해 봐."

창훈과 영상도 고개를 연신 끄덕였다. 건희는 별 기대 없이 답답

한 마음을 털어놓고 싶어서 어젯밤 이야기를 시작했다. 물론 삼총
사도 다 알고 있는 이야기였지만 처음 듣는 것처럼 집중해서 들었
다. 건희는 새로운 이야기도 했는데 다혜가 그제 쪽지를 주었다고
했다. 주머니에서 꺼내 보여 준 쪽지에는 한눈에 알아볼 수 없는
암호가 써 있었다.

38317 334 8 001

경호는 눈에 힘을 주면서 하나하나 읽었다.

"삼, 팔, 삼, 일, 칠, 삼, 삼, 사, 팔…… 이건 숫자야, 알파벳이야?
알파벳이라면 오오아이. 이게 도대체 뭐야?"

"글쎄, 나도 모르지."

"그래서? 다혜한테 무슨 뜻인지 물어봤어?"

"어제 바닷가에서 물어봤지. 그랬더니 그것도 모르냐면서 갑자
기 울음을 터뜨리면서 결국 헤어지자고 하더라고."

"좋아, 그럼 다혜와의 관계 개선을 위해서는 이 수수께끼 풀이가
가장 먼저겠군."

삼총사와 건희는 머리를 맞댔다. 경호는 손가락으로 숫자들을
가리키며 말했다.

"음…… 그렇다면 이 암호는 건희 네게 다혜가 말하고 싶은 중요한 메시지일 것 같은데…… 너희 아무거나 생각나는 대로 말해 봐."

셋은 숫자만 뚫어지게 볼 뿐 아무 말도 하지 않았다. 고개를 갸웃거리면서 영상이 말문을 틔웠다.

"숫자는 휴대폰 자판인가?"

창훈이 재빨리 휴대폰을 꺼내 자판을 보았다.

"아니야, 그렇지 않다고 봐. 천지인 자판에서 3은 'ㅡ'에 해당해. 문자가 될 수 없어."

이번에는 경호가 말했다.

"알파벳과 숫자가 일대일 대응되는 것이 아닐까? 언젠가 텔레비전 프로그램에서 본 것 같아. A가 1, B가 2, C가 3이 되는 거야."

이번에도 창훈이 오류를 지적했다.

"그렇다면 38317은 chcag가 돼. 이런 단어는 없잖아."

그렇게 암호를 가지고 씨름하고 있을 때, 예슬이 산으로 올라왔다.

"경호야. 선생님이 찾으셔."

"무슨 일인데?"

예슬은 자신도 모른다는 듯이 어깨를 으쓱했다. 경호는 자리에서 일어서며 남은 친구들에게 말했다.

"선생님한테 갔다 올 테니까 너희끼리 연구하고 있어 봐."

경호와 예슬은 나란히 산을 내려왔다. 그러다 예슬이 미끄러지며 몸을 휘청거렸고, 경호는 무조건 반사처럼 손을 뻗어 예슬의 팔뚝을 잡았고, 휘어지는 등을 왼손으로 받쳤다. 영화 〈바람과 함께 사라지다〉의 한 장면을 재현하는 것 같았다. 둘은 일시 정지 버튼을 누른 것처럼 그 자세 그대로 한참 서로의 얼굴만 쳐다봤다.

경호의 손에 닿은 예슬의 팔뚝은 부드러웠고 등에서는 따뜻한 온기가 전해져 왔다.

'두근두근'

경호는 자신의 심장 박동이 빨라지는 것을 느꼈다. 예슬도 경호가 무슨 말을 하길 기다리는 것 같았다. 경호는 무슨 말을 해야 할지 몰랐다. 왜인지 모르지만 갑자기 암호가 생각났다.

"예슬아, 38317이 뭔지 알아?"

연애의 기초도 모르는 경호의 엉뚱한 소리에 예슬도 정신이 들었다. 자신이 이상한 자세를 하고 있다는 것을 깨닫고 얼른 몸을 일으켰다.

"글쎄, 무슨 소린지."

경호는 뭔가 산통이 깨지는 느낌을 받았다. 그런 상황에서 암호를 묻다니 스스로 생각해도 바보 같았다. 뭔가 만회해야 할 것 같은데…….

"예슬아, 이건 비밀인데, 전에 이 섬에 누군가 있었던 것 같아."

"뭐라고? 우리 말고 누가 있다고?"

"지금 누가 있는 것은 아닌 것 같고, 우리와 마찬가지로 이 섬으로 들어온 사람이 있었던 것 같아. 생활 쓰레기를 발견했어."

"그래? 그 사람들은 어디로 갔는데?"

"다시 돌아갔겠지."

돌아갔다는 말에 예슬의 눈이 초롱초롱하게 변했다.

"그럼 우리도 돌아갈 수 있는 거야?"

"우리 삼총사가 열심히 찾고 있어. 그런데 더 이상 흔적은 발견하지 못했어."

"그래도 희망이 있으니 다행이다."

예슬이 다시 밝은 표정을 짓자 경호의 마음이 편해졌다.

"예슬아, 이 사실은 당분간 비밀로 해 줘. 다른 애들이 탈출구를 찾겠다고 산속을 헤맨다면 위험할 수도 있잖아."

예슬이 고개를 끄덕였다.

"알았어. 선생님이 기다리시니까 빨리 가자."

해변으로 나오자 버스 지붕 위에서 분주하게 움직이고 있는 선생님이 보였다.

"선생님, 거기서 뭐 하세요?"

선생님은 경호를 내려다보더니 한 마리 원숭이처럼 버스 앞 사이드 미러를 밟고 가볍게 아래로 내려왔다.

"그래, 경호야. 잘 왔다. 멧돼지 고기를 말리는 중이었어. 버스 위 철판이 얼마나 뜨거운지 금방 육포가 되지 뭐니."

선생님은 많은 양의 고기를 오래 먹기 위해서 육포를 만드는 중이었다. 선생님은 정말 자연인, 아니 원시인으로 돌아가는 중인 것 같았다.

"너희가 산꼭대기에 올라가 보니 여긴 섬이라며?"

"네."

"그래서 말인데 육포도 거의 만들어졌고, 내일부터는 이 섬을 자세히 살펴보려고 해. 혹시 말이야, 겨울이라도 오면……"

선생님은 생각하기도 싫은지 고개를 좌우로 흔들었다. 아열대 지방의 겨울도 추울까? 경호는 의문이 들었다. 하지만 기온이 20도 아래로 내려가기만 해도 밤에 밖에서 자기 어려워질 것이다.

"아무튼 탈출 가능성을 믿고 섬을 탐방할 거야. 너희 삼총사가 선생님을 도와줘."

선생님도 탈출을 생각하다니 다행이었다.

"당연하죠, 선생님."

"그래. 내일 아침 출발할 테니 오늘은 일찍 쉬어라."

경호는 혹시나 하는 마음으로 선생님에게 물었다.

"선생님, 38317이 뭔지 아세요?"

선생님은 일 초도 고민하지 않고 바로 대답했다.

"사랑."

"네?"

"리베, 독일어로 사랑이라고."

"제가 이해할 수 있게 설명 좀 해 주세요."

선생님은 바닥에서 작대기를 주워 모래 위에 숫자를 썼다.

"선생님이 학생 때에는 삐삐를 차고 다녔는데 그때 유행하던 암호야. 전자시계에는 숫자가 이렇게 표현되지?"

"네."

선생님은 경호를 이끌어 숫자 건너편으로 옮겨 가서 섰다. 거꾸로 보니 알파벳으로 보였다.

"뭐가 보이니?"

경호는 띄엄띄엄 읽었다.

"엘, 아이, 이, 비, 이."

"리베, 그게 독일어로 사랑이란 뜻이야."

경호의 머리에 번개가 치듯 정답이 나타났다.

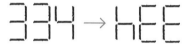

334는 hee, 건희의 '희'를 나타낸 것이다. 고로 38317 334는 '건희야 사랑해'로 해석할 수 있을 것이다.

경호가 모래 위의 암호에 집중하고 있을 때, 선생님은 바닥에 다른 숫자들을 쓰기 시작했다.

"1177155400, 이건 뭔지 알겠지?"

선생님은 추억이 생각나는지 즐거워 보였다.

"I miss you. 나는 네가 그립다가 되는 거야."

경호는 옛날 사람들의 사랑 표현 방법이 멋있다고 생각했다.

"감사합니다. 선생님께서 한 학생을 살렸어요."

"살리다니 누가 죽기라도 했어?"

"아니요. 아무튼 감사합니다."

경호는 고개를 푹 숙여 인사하고는 산으로 달려갔다. 그때까지도 다들 암호를 풀지 못하고 있었다. 20년 전 유행했던 암호니까 풀지 못하는 것은 당연한 일이었다.

"애들아! 이 형님이 암호를 알아냈다."

경호는 선생님이 했던 것처럼 땅에 숫자를 쓰고는 거꾸로 보여 주었다.

"숫자를 거꾸로 읽으면 알파벳처럼 보이는 거야. 리베는 독일어로 '사랑해'니까, 38317 334는 '건희야 사랑해'가 되는 거야. 다혜가 네게 사랑한다고 고백하는 거였어."

건희는 땅에 쓰인 글자들을 보면서 눈시울이 붉어졌다. 큰 눈에는 눈물이 서서히 맺히고 있었다.

"근데 이 IOO8은 뭘까?"

건희가 한 손으로 눈물을 훔치며 말했다.

"이제 나도 감이 온다. 여기 8은 알파벳이 아닌 한자 일(日)로 읽어야겠지. 오늘이 다혜랑 사귀기로 한 지 100일째 되는 날이야. 난 그것도 모르고 왜 우냐고 닦달했으니…….”

다혜는 건희와의 100일을 축하하고 싶었던 것이다. 다혜가 짜증 냈던 것도 어느 정도 이해할 수 있었다. 영상이 건희의 어깨에 손을 얹었다.

“그만 울어. 오늘이 100일이라며? 아직 늦지 않았어.”

경호도 건희의 어깨에 손을 얹었다.

“건희야. 네 사랑이 다시 이루어지도록 우리가 도와줄게. 과학 박사, 너의 과학 지식으로 어떻게 안 되겠어?”

창훈은 동그란 금테 안경을 벗어 웃옷으로 닦기 시작했다. 그러고는 잘 닦인 안경을 고쳐 썼다.

“비장의 무기가 있어. 나중에 여자 친구 생기면 내가 써먹으려고 했는데. 할 수 없지. 이 형님의 최종 필살기를 건희 네게 주지. 버스로 가자. 준비물이 필요해.”

해가 서쪽 바다로 넘어갈 즈음, 어제 건희와 다혜가 싸웠던 바위 사이로 다시 모였다. 창훈이 가방에서 준비물을 꺼냈다.

AA 사이즈 건전지, 짧은 구리선, 네오디움 자석, LED 전구 몇 개였다.

“이 물건들은 내가 기본적으로 가지고 다니는 실험 도구지. 지금부터 이 과학 박사께서 이론을 설명해 줄 테니 잘 들어 봐. 우리는 전류가 흐르는 도선에서 자기장이 생긴다는 사실을 익히 알고 있어. 도선에 전류를 흐르게 하고 그 위에 나침반을 올리면 바늘이 움직이지. 항상 북쪽을 가리켜야 할 나침반 바늘이 움직인다는 것은 도선 주위에 자기장이 생겼다는 증거야. 이건 초등학교 때 배운 건데 기억나니?"

셋은 삐금거리며 서로의 눈치만 볼 뿐이었다. 창훈은 동요하지 않고 과학 강의를 이어 갔다.

"자기장은 자석의 힘이 미치는 공간이야. 플레밍이라는 과학자께서는 자기장이 있는 공간에서 도선에 전류가 흐르면 도선이 힘을 받는다는 것을 알아내셨어. 그리고 이 발견을 '플레밍의 왼손 법칙'이라 명명하셨지."

창훈이 자신의 왼손을 앞으로 내밀더니 손가락 세 개를 수직으로 폈다. 그러고는 오른손 검지로 차례차례 손가락을 짚으면서 설명했다.

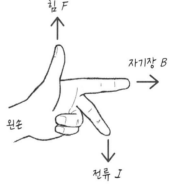

"너희 *FBI* 알지? 엄지손가락은 F, 즉 힘의 방향이고, 검지는 B, 즉 자기장의 방향, 중지는 I, 즉 전류의 방향이야. 알겠니?"

이어서 창훈은 네오디뮴 자석 위에 AA 사이즈 건전지를 올렸다. 그러고는 하트 모양으로 구리선을 구부렸다.

"자석의 자기장은 N극에서 S극 방향으로 작용하니까 건전지 아래의 자석 때문에 위쪽 방향으로 자기장이 발생하고 있어. 여기에 하트 모양으로 구부린 도선을 건전지 (+)극 위에 올리고 아래 부분을 자석에 붙이면 어떻게 될까?"

"뜸 들이지 말고 어서 실행해 봐."

창훈은 오른손으로 오케이 모양을 만들었다.

"자, 그럼 마법의 하트를 올립니다."

창훈이 도선을 건전지 위에 조심스럽게 올리자 도선이 팽그르르 돌기 시작했다. 속도가 붙자 하트 모양은 더욱 뚜렷하게 보여 아름다운 모습을 연출했다. 만족스러운지 건희도 입이 귀까지 올라갈 기세였다.

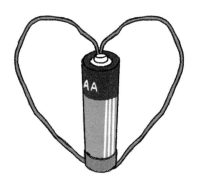

"창훈아, 고마워. 이 정도면 다혜의 마음을 돌릴 수 있을 거야."

창훈은 검지를 들어 좌우로 흔들었다.

"이 정도로는 부족해!"

이어 LED 전구 몇 개를 연결한 도선으로 돌고 있는 하트 주변을 둘러쌌다. 건전지를 끼우자 빨강, 파랑, 노랑 LED 전구가 켜졌다. 밤이 되면 돌아가는 입체 하트가 더욱 장관일 것이다.

경호가 자리에서 일어서며 박수를 쳤다.

"역시 과학 박사야. 하지만 일단 다혜를 여기까지 데려오는 게 관건이지. 아까 선생님께 아이디어를 얻었는데 말이야, 1177155 400이라고 쓰인 쪽지를 네가 전해 주라고 했다면서 다혜에게 건네는 거야. 다혜는 암호를 해석할 수 있을 테고, 그걸 본다면 당장 여기로 달려올 거야."

건희는 삼총사의 배려에 감동했는지 미소를 짓고 있었지만, 어느새 눈물이 그렁그렁 맺혔다.

"그냥 과학충인 줄로만 알았는데, 너희 대박이다. 진짜 멋있어."

칭찬을 바라고 한 일은 아니지만 삼총사의 마음에도 묵직한 감동이 밀려왔다.

"사내 자식이 왜 이렇게 눈물이 많아?"

"공짜 아니야. 무사히 돌아가면 다 갚아."

"해 넘어갔다. 이제 금방 어두워질 거야. 빨리 작전을 시작하자."

삼총사는 버스로 돌아와 의기소침해 있는 다혜에게 건희가 주었다며 쪽지를 전달했다. 다혜는 쪽지를 펼치자마자 암호를 해독했는지 눈시울이 붉어졌다. 그러고는 울먹이는 목소리로 삼총사에게 물었다.

"건희는 어디 있어?"

"글쎄, 어제 거기로 간다던데?"

다혜는 곧바로 바다 쪽으로 달려갔다. 경호는 다혜가 시야에서 사라지자 창훈과 영상을 돌아보았다.

"자, 이제 우리도 가서 구경해야겠지?"

창훈은 대답 없이 소형 쌍안경을 꺼내 흔들었다. 영상은 바닷가 쪽으로 냅다 달리면서 소리쳤다.

"먼저 가는 사람이 좋은 자리 임자."

"저 녀석이."

둘도 영상 뒤를 따라 뛰었다. 바닷가에 도착한 삼총사는 둘의 모습이 잘 보이는 바위 뒤에 몸을 숨기고 눈과 귀를 열었다.

벌써 하트는 돌아가고 있었고, 색색의 LED 전구가 하트를 더욱 빛나게 했다. 다혜는 말없이 하트를 보고 있었고, 건희는 한쪽 무릎을 꿇고 그 모습을 지켜보다가 일어섰다. 다혜는 눈앞의 건희를 올려다봤다. 멀어서 정확히 보이지는 않았지만 둘 다 눈물을 흘리고 있는 것 같았다.

둘의 얼굴이 서서히 가까워지더니 입이 포개졌다. 눈물의 키스, 재회의 키스였다.

영상은 키스 장면을 처음 보는 양 집중하고 있는 경호와 창훈의 등에 똑똑 노크했다. 경호와 창훈은 아쉬웠지만 친구에 대한 예의를 지키기로 하고, 바위를 돌아 해변으로 나왔다. 셋은 붉게 물든 노을을 감상하며 해변을 걸었다. 먼저 말을 꺼낸 것은 창훈이었다.

"키스하면 어떤 기분일까?"

영상이 무감각한 말투로 대꾸했다.

"구름 위의 산책, 솜사탕 맛, 무아지경의 상태라고들 하지."

영상도 책이나 영화에서 들었던 느낌을 주워섬기는 듯했다.

"그러니까 그 기분이, 느낌이 뭐냐고?"

"낸들 아나? 해 보질 않았으니."

삼총사는 다시 해변을 걸었다. 창훈이 다시 멈추더니 둘에게 말했다.

"너희는 누구랑 키스하고 싶어?"

경호는 왜 반장 예슬의 얼굴이 떠오르는지 알 수 없었다. 예슬의 얼굴을 생각하니 다시 가슴이 뻐근해졌다. 경호는 주먹으로 심장 부위를 두드렸다.

"왜 그래?"

"가슴이 답답해서."

"키스 얘기 하는데 왜 가슴이 답답해?"

"글쎄, 네가 키스하고 싶은 사람을 물었을 때, 예슬이 얼굴이 떠올랐어. 그런데 가슴이 답답한 거야."

영상이가 검지를 치켜들며 말했다.

"드디어 경호가 어른이 됐군. 사랑에 빠진 거야."

경호는 받아들일 수 없었다. 사랑이라니, 더군다나 반장을……

"반장은…… 까칠하고 공부 잘하고…… 예쁜 얼굴이긴 하지만 나랑 어울리진……"

창훈이 경호의 가슴에 귀를 갖다 댔다. 가만히 소리를 듣던 창훈이 몸을 펴고 말했다.

"힘차고 생동감이 느껴지는 심장 소리야. 자네 심장은 교감 신경 에피네프린의 영향으로 열심히 박동하고 있다네."

"무슨 소리야?"

창훈은 동그란 금테 안경을 벗어 웃옷으로 닦으며 말했다.

"좋아. 이 과학 박사께서 설명해 주지. 눈을 감아 보게나."

경호는 창훈이 시키는 대로 눈을 감았다.

"그리고 반장의 얼굴을 떠올려 봐."

경호 머릿속에 예슬의 얼굴이 가득 찼다. 초롱초롱한 눈과 오뚝한 코를 간질이는 머리카락.

"그다음은 반장의 입술을 생각해 봐. 그 입술에 천천히 다가가 키스를 한다……"

앵두 같은 빨갛고 작은 입술이 떠올랐다. 키스를 한다고 생각하니 온몸이 심장이 된 것처럼 떨리기 시작했다. 마른침이 꼴깍하고 넘어갔다.

창훈은 경호의 어깨를 양손으로 잡았다.

"자네는 진짜 사랑에 빠졌네. 교감 신경은 긴장했을 때 작동하지. 에피네프린이라는 물질을 내보내서 심장 박동을 촉진시키고, 모세혈관을 확장시켜 얼굴이 붉어진다네. 그리고 소화와 침 분비를 억제하지. 자네가 마른침을 삼키는 꼴깍 소리가 내 귀에까지 들렸다네."

경호는 자신의 심장에 손을 올렸다. 반장과 마주쳤을 때 느꼈던 게 사랑의 감정이구나 생각했다.

창훈은 자신의 과학 지식을 마구 쏟아 냈다.

"네 의지는 오직 대뇌에서만 작용할 수 있어. 나머지 소뇌, 중뇌, 간뇌, 연수는 네 의지가 아니지. 참고로 뇌의 기능을 설명하자면 소뇌는 균형을 담당하고, 중뇌는 동공 반사, 간뇌는 수분 조절과 같은 항상성 유지, 연수는 순환, 호흡, 소화계의 운동을 담당하지. 연수는 네가 긴장했기 때문에 작동을 시작한 거야. 넌 반장을 사랑……"

영상이 창훈의 입을 틀어막았다.

"좋아, 경호야. 지금 예슬이에게 달려가. 사나이답게 고백해."

경호는 영상의 얼굴을 보았다. 영상이 고개를 살짝 끄덕여 주었다. 왠지 용기가 났다.

"좋아, 예슬이에게 가 볼게."

경호가 버스로 뛰어가는데 창훈의 외침이 들렸다.

"할 말이 생각나지 않으면 내가 해 준 별 이야기를 해!"

예슬은 천막에서 쉬고 있었다. 솟아났던 용기가 어디 갔는지 예슬의 얼굴을 보자 다리가 후들후들 떨렸다. 경호가 다가가자 예슬도 경호를 보았다.

"예슬아. 상의할 게 있어. 잠시 이야기 좀 하자."

예슬은 대답 없이 자리에서 일어났다. 둘은 해변을 걸었다. 어느 덧 세상은 컴컴해졌고, 하늘의 별들은 더욱 빛났다.

"무슨 일이야?"

"아니, 내일부터 선생님과 이 섬을 탐사하기로 했어."

예슬은 알고 있다는 듯이 고개를 끄덕였다.

"그렇구나."

"어쩌면 밤에 돌아오지 못할 수도 있어. 산에 가면 선생님께 쓰레기 이야기를 할 거야. 선생님은 섬을 자세히 탐험하신다고 했으니 진짜 탈출구를 찾아봐야지. 그러면 야영할 수도 있어."

"야영 이야기는 선생님께 들었어. 조심해서 돌아와."

나란히 걸으니 반팔 입은 맨살이 살짝살짝 스쳤다. 맞닿는 피부에서 전기가 발생해 온몸으로 퍼지는 것 같았다.

어느덧 아까 건희와 다혜가 있던 바위까지 왔다. 경호는 바위 위쪽을 가리키며 말했다.

"저기 올라가 볼래?"

예슬이 고개를 끄덕였다. 경호는 먼저 날렵한 동작으로 바위에 올라서 손을 내밀었다. 예슬은 잠시 멈칫했지만 손을 맞잡았다.

따스했다.

예슬이 바위에 안전하게 올라왔지만 경호는 잡은 손을 놓지 않았다. 예슬도 굳이 빼려고 하지 않았다. 둘은 널찍하고 평평한 곳에 자리를 잡고 앉았다. 경호 옆에는 항상 삼총사가 있었기 때문에

도대체 여자와 단둘이서는 무슨 말을 해야 할지 몰랐다.

갑자기 창훈의 충고가 생각났다.

"예슬아, 저 별이 시리우스라는 별이야. 하늘에서 가장 밝은 별이지."

예슬도 경호가 가리키는 별을 바라봤다.

"저 별의 밝기는 -1.5등성인데 하늘에서, 그러니까 스스로 빛을 내는,"

예슬이 경호의 어깨에 기댔다. 경호는 창훈이 말한 에피네프린이 심장으로 마구 분비되는 것을 느꼈다.

"경호야, 창훈이 흉내 내지 마. 난 경호 너의 따뜻한 마음을 좋아하니까."

검은 파도가 하얗게 부서지고, 바닷물에 모래가 쓸려 나가는 소리가 들렸다. 경호는 분위기에 휩쓸려 손을 들어 예슬의 어깨를 감쌌다. 알 수 없는 향기가 코를 자극했다. 페로몬에 이끌린 개미처럼 경호의 얼굴이 예슬 쪽으로 다가갔다. 거기엔 앵두 같은 입술이 있었다. 예슬은 고개를 돌리지 않고 눈을 감았다.

경호는 이 상황을 영상과 창훈이 보고 있을 거라는 생각이 잠시 들었지만 그러면 어때 하는 마음으로 예슬의 입술에 집중했다.

첫 키스. 구름 위의 산책, 솜사탕, 무아지경 모두 틀렸다. 지우개로 뇌를 지워 버린 것처럼 정말 아무 기억이 없다. 그냥 갓 뽑아낸 목화솜처럼 부드러운 감촉만 어렴풋이 살아 있을 뿐이었다.

이렇게 16세 풋사랑이 시작되었다. 어른들은 유치한 사랑놀이 라고 하겠지만, 우리 마음은 하늘에 빛나는 별처럼 진실하고 저 검 푸른 바다처럼 깊었다고, 훗날 경호는 회상했다.

5장

육포
게이트

아침마다 선생님의 열정적인 목소리가 자명종 역할을 했지만 오늘은 평소와 조금 달랐다. 선생님은 화가 나 있었다.

"3학년 6반 모두 해변으로 나와!"

선생님 미간에 내천(川) 자가 있었고, 입은 여덟팔(八) 자가 되어 있었다. 군대 조교처럼 허리에 손을 올리고 학생들을 향해 고함쳤다.

"빨리 안 나와!"

학생들 모두 아무 말 없이 해변으로 나와서 섰다. 모두 나오자 선생님은 좌우로 왔다 갔다 천천히 걸었다.

"너희에게 실망했다."

학생들은 선생님이 무슨 소리를 하는지 몰라 서로 얼굴만 쳐다볼 뿐이었다.

"며칠 전 선생님은 삼총사와 목숨을 걸고 멧돼지를 사냥했다. 그런 위험을 감수할 수 있었던 건 모두 힘을 합쳐서 이 어려움을 이겨 내고 싶어서였다."

선생님은 학생들의 얼굴을 일일이 둘러보았다.

"남은 멧돼지 고기는 버스 위에서 말려 육포를 만들었다. 우리 식량이기도 하고, 오늘부터 조를 짜서 섬을 샅샅이 살피려면 꼭 필요한 음식이었다. 하지만 어젯밤 그 육포를 누군가 거의 다 훔쳐 갔다. 식량이 없으므로 이제 위험한 섬 탐험은 할 수 없다. 어쩌면 여기서 탈출할 수 있는 기회가 양심 없는 누군가 때문에 사라졌다고 말할 수 있겠다."

선생님은 고개를 절레절레 흔들었다.

"마지막 기회다. 그 많은 양의 육포를 한 번에 먹을 수도 없었을 테고, 용서해 줄 테니 남은 육포를 빨리 가져오길 바란다."

선생님은 말을 마치고 숲속으로 걸어갔다. 학생들은 삼삼오오 모여 범인에 대하여 불평을 터뜨렸다. 그 의심의 한가운데에는 오경일 패거리가 있었다. 평소 학급 일에 불평을 일삼았고, 여기서도 서로 도와 일을 하려고 하지는 않고 밖으로만 돌았기 때문이다.

오경일 패거리도 따가운 시선을 느꼈는지 분노가 쌓인 얼굴로 소리쳤다.

"뭘 중얼대고 있어, 엉?"

"너희 죽을래? 누굴 범인으로 몰아?"

"뭐야. 다 죽어 볼래? 우리가 육포 가져갔다는 증거 있어?"

오경일 패거리가 주먹을 들고 위협하자 학생들은 모두 삼총사

뒤로 피신했다. 패거리가 다가오다가 삼총사 앞에서 멈췄다. 영상에게 당한 적이 있어서 망설이는 모양이었다. 경일이 한 걸음 나와 말했다.

"너희 삼총사도 우리가 범인이라고 생각하는 거야?"

경호는 이런 짓을 할 범인은 오경일 패거리밖에 없을 거란 생각이 들었지만, 증거가 없는 이상 드러내 놓고 말할 수 없었다.

"우리는 과학 탐정 삼총사. 확실한 증거가 없으면 누구도 의심하지 않지."

"그러니까 우리가 의심스러운데 증거가 없다 이거냐?"

"괜한 꼬투리 잡지 마. 너희 스스로 결백하다면 그걸로 된 거야."

말은 의심하지 않는다고 했지만 경호 표정은 '너를 의심한다' 그 자체였다. 그런데 경일의 표정이 왠지 자신만만하게 변했다. 자신이 의심받는 상황에서 나올 만한 표정은 아니었다.

"난 범인을 알고 있어."

모든 학생의 시선이 경일의 입으로 향했다. 경일은 시선을 즐기듯 잠시 뜸 들이더니 검지를 들었다. 그리고 천천히 한 사람을 가리켰다. 손가락이 가리킨 곳에는 김재형이 있었다. 재형은 고도 비만 체형을 가진, 반에서 가장 관심을 끌지 못하는 학생이었다.

재형의 투실투실한 얼굴이 빠르게 붉어졌다. 재형은 살집이 두둑한 손을 들어 열심히 손사래를 쳤다.

"아, 아니야. 나, 난 아니야."

재형의 어쩔 줄 모르는 태도에 더 몰아붙이려는 듯 경일은 강하고 또렷한 목소리로 말했다.

"난 어젯밤에 경민이, 재원이랑 바다에서 늦게까지 공놀이를 했어. 버스 안에 모든 불이 꺼진 뒤, 그러니까 모두가 잠든 깊은 밤에 바닷가를 열심히 돌아다니던 그림자가 하나 있었지."

경일은 고개 숙인 채 떨고 있는 재형에게 다가갔다. 그러고는 재형의 주위를 찬찬히 돌면서 말했다.

"얼굴을 정확히 볼 수 없었지만 그림자만으로도 누군지 확실히 알 수 있었지. 이렇게 토실토실한 몸매는 우리 반에서 한 명밖에 없거든."

"난……"

재형은 얼굴만 붉힐 뿐 더 이상 말을 잇지 못했다. 범인이라서 그런 것인지, 오경일 패거리의 위협에 겁을 먹은 것인지 알 수 없었다. 보다 못한 경호가 앞으로 나섰다.

"잠깐 오경일! 아까도 말했지만 증거도 없이 그렇게 말하지 마! 깊은 밤 너희도 잠을 자지 않은 것은 마찬가지야."

"흥, 탐정 놀이를 하겠다 이거지? 좋아."

경일은 학생들을 향해 한 걸음 나아갔다.

"지금 용의자를 잡을 중요한 순간이니 사실대로 대답해 줘. 우리가 바닷가에서 수영하며 논 것을 본 사람 있으면 손들어 봐."

경일의 말에 몇몇이 손을 들었다. 오경일 패거리는 자주 바다에서 놀았고, 놀 때마다 하도 시끄럽게 떠들어서 삼총사도 익히 알고 있었다.

"우리 셋은 바닷가에서 놀고 있었다고. 육포를 훔칠 시간이 없었어. 보시다시피 그걸 증명할 학생들이 이렇게 많잖아."

경일은 손가락으로 다시 재형을 가리켰다.

"자, 그럼 이 고도 비만 학생은 왜 밤에 해변을 돌아다녔을까?"

삼총사를 흉내 내려는 듯, 패거리 중 한 명인 경민이 한 걸음 나섰다.

"배가 고파서겠지. 여기 섬에 들어와서 우리는 음식을 조금씩만 받았어. 모두가 마찬가지겠지만 나는 항상 배가 고팠다고. 그러면

이 고도 비만 학생의 평소 먹는 양을 생각해 봤으면 해. 얼마나 배가 고팠겠냐고."

옆에서 재원도 추리를 보탰다.

"선생님이 버스 위에다 육포 말리는 것을 우리 모두 알고 있었어. 배가 고픈 재형이가 모두가 잠든 한밤중에 슬쩍한 거겠지."

오경일 패거리의 말을 듣고 보니 나름 일리가 있었다. 더욱이 재형의 외모가 더욱 그를 범인으로 몰아갔다. 학생들이 재형을 보며 수군거렸다. 여론 몰이에 성공한 경일이 재형에게 말했다.

"선생님 화나신 것 봤지? 그걸 떠나서 육포는 우리 생명이 걸린 거야. 육포를 모두 먹지 않았길 바란다."

그 모습을 보고 경민과 재원이 웃었다. 재형은 무너져 내렸다.

반면 경호는 의심의 싹이 돋아나는 중이었다. 생존에 필요한 식량이 없어졌다면 큰일이다. 그런데 그렇게 큰일을 당하고 경민과 재원은 웃고 있다. 어떻게 저렇게 웃을 수 있을까? 아침부터 공복이기 때문에 모두 지금 엄청나게 배가 고플 것이다. 육포를 훔쳐간 범인에게 화가 날 것이 분명하다. 그런데 오경일 패거리는 웃고 있다. 평소 학교였으면 주먹부터 날리고 볼 텐데 말이다.

경호는 앞으로 나가 울고 있는 재형의 어깨에 손을 올렸다.

"재형아, 이렇게 울고만 있으면 네가 범인이라고 시인하는 꼴이야. 적극적으로 사실을 말해 봐. 왜 새벽에 해변을 서성거린 거야?"

재형은 굵은 팔뚝으로 눈물을 훔쳤다. 그리고 부끄러운지 붉어진 얼굴을 숙이고 더듬거렸다.

"다, 다이어트하려고."

다이어트? 뜻밖의 대답이었지만 일리 있는 설명이었다. 재형은 절절한 목소리로 학생들에게 호소했다.

"나도 내 몸을 알아. 나도 섬에 들어와서 배불리 못 먹어서 괴로워. 하지만 이왕 이렇게 된 거 다이어트를 하려고 했어. 그래서 바닷가를 돌아다니면서 운동을 한 거야."

경일도 지지 않고 소리쳤다.

"웃기지 마! 이 돼지 새끼야. 네가 운동을 하다니 지나가던 개가 웃겠다."

재형도 악에 받혔는지 경일을 보며 소리쳤다.

"누가 돼지야? 난 훔치지 않았어. 너희가 훔쳐 가고 나한테 뒤집어씌우는 거지?"

경일은 당장이라도 때릴 것처럼 주먹을 쥐고 나왔다.

경호가 영상에게 눈짓을 보냈다. 영상은 고개를 살짝 끄덕이더니 앞으로 나와 경일을 가로막았다.

"난 폭력을 싫어하는 사람이야. 하지만 어쩔 수 없는 상황에서는 사용하지."

경일도 자신의 목을 좌우로 꺾었다. 꺾을 때마다 우두둑 소리가 났다.

"저번에는 방심해서 당했지만 두 번은 안 당해."

"그렇단 말이지?"

경일의 도발에 영상은 몸을 풀듯이 허공에 대고 섀도복싱을 했다. 그러고는 주먹을 경일의 얼굴로 향하고는 말했다.

"저번에는 힘을 쓰지 않았는데 그렇다면 오늘은 실력을 발휘해 볼까?"

영상의 자신감 넘치는 포스에 경일은 주춤했다. 안 되겠다고 생각했는지 곧바로 싸우기를 포기했다.

"쳇, 됐다고. 경민아, 재원아, 가자. 하지만 말이야. 너희는 버스 위 식량을 훔쳐 간 범인을 감싸고 있는 거라고."

그때 경호의 대뇌 피질에 전기 신호가 팟 하고 울렸다.

'버스 위.'

경호가 재형을 보고 말했다.

"재형아, 미안하다. 지금부터 내가 하는 말은 다 네 누명을 벗기기 위해서야."

재형은 경호가 무슨 말을 하는지 이해하지 못했지만 의심을 풀어 준다니 고개를 연신 끄덕였다. 경호는 자리에서 일어서 학생들을 향해 말했다.

"얘들아. 재형이는 범인이 절대 아니야."

강력한 용의자로 좁혀진 상황에서 범인이 아니라는 말에 학생들의 이목이 집중되었다.

"여자들 중에서 버스 위로 혼자서 올라갈 수 있는 사람 손들어 봐."

여학생들은 버스를 한번 쳐다보더니 서로 눈치만 보았다. 버스 높이는 꽤 높아 혼자서 올라가기는 쉽지 않아 보였다.

"여기 재형이는 보통 여자들보다 운동 신경이 더 둔할 거야. 저번 체육 시간에 남자는 턱걸이를 하고, 여자는 오래 매달리기를 했어. 운동 신경이 좋은 여자들은 30초 정도 매달렸지. 재형이는 턱걸이를 단 한 개도 하지 못하고 바로 떨어졌어. 오래 매달리기를 했더라도 5초 이상은 힘들었을 거야. 그런 재형이가 버스 위로 훌쩍 올라가서 육포를 훔치는 게 가능하리라고 생각해?"

"잠깐만!"

재형이 경호의 말을 막았다. 재형은 얼굴이 붉은색에서 거의 검은색으로 변해 가고 있었다.

"아니야. 난…… 철봉을 잡고 있을 수조차 없어. 몸이 무거워서 팔이 버티지 못한단 말이야."

재형의 마지막 말 때문에 모든 학생의 의심에서 벗어날 수 있었다. 재형이 날렵한 모습으로 버스 사이드 미러를 잡고 위로 올라가는 모습은 도저히 상상이 되지 않았다.

"어때, 오경일? 이래도 재형이가 범인이야?"

경일도 재형의 몸을 다시 보더니 할 말이 쉽게 생각나지 않는지 입술을 달싹였다.

"무슨 다른 방법을 썼겠지. 탐정 놀이 유치해서 못 봐 주겠네. 애들아, 가자."

오경일 패거리가 해변으로 멀어져 가자 학생들도 하나둘 자리를 떠났다. 재형이 삼총사에게 다가왔다.

"고, 고마워."

경호가 재형의 어깨에 손을 올리며 말했다.

"뭐, 친구끼리 당연한 거지."

"난, 진짜 범인이 아니야. 난 육포를 가져가지 않았어."

"그래. 우리 모두 네가 범인이 아닌 것을 알아. 좋아, 지금부터 우리 과학 탐정 삼총사가 육포를 훔쳐 간 진범을 잡을 거야. 재형이 너 어젯밤에 해변에서 운동했다고 했지?"

재형이 고개를 세차게 끄덕였다.

"그때 오경일 패거리가 바다에서 수영했다는데 확실해?"

"맞아. 얼굴은 안 보였지만 세 명 실루엣이 확실했어. 그리고 떠드는 소리도 분명히 오경일이었어."

"그렇군. 걔네들 뭐하고 놀던?"

"어디서 났는지, 공이 있었어. 커다란 공을 주고받으면서 그냥 잡소리를 한 거지."

"공이라…… 그래, 다른 이상한 점은 없었어? 세 명이 어느 순간에 두 명이 되었거나, 그런 거 말이야."

재형은 하늘의 구름을 보며 잠시 생각에 잠겼다.

"그러고 보니……"

경호는 얼굴을 재형에게 가까이 들이댔다.

"그래, 뭔가 생각났어?"

"뭐라고 해야 하나? 경민이와 재원이가 한편을 먹고 오경일은 반대편에 혼자 있었어."

유심히 듣고 있던 창훈이 김이 샜는지 힘 빠진 목소리로 말했다.

"그게 뭐가 이상해? 오경일이 두목이고, 둘은 왼팔, 오른팔이니 한편이 된 거지."

"그런가?"

재형은 멋쩍은지 머리를 긁었다. 경호는 팔짱을 끼고 "아니야. 이상해."라고 혼잣말했다.

"뭐가 이상하다는 거야?"

창훈의 말에 경호는 정신이 드는지 눈에 초점이 돌아왔다.

"그냥 뭔가 느낌이 이상해서. 재형이 넌 이제 돌아가도 좋아. 우리는 육포를 훔친 범인을 찾아볼게."

다음으로 삼총사는 학생들에게 어젯밤 오경일 패거리의 행동을 묻고 다녔다. 많은 학생들이 오경일 패거리가 바다에서 공놀이한 것을 보았고, 그중 한 명은 그 공이 농구공이었다는 것까지 증언해 주었다. 농구공은 버스 짐칸에 들어 있던 거였다. 그리고 재형이 본 것처럼 경민과 재원이 붙어 있었다는 증언도 여러 번 나왔다.

"이상하단 말이야. 전혀 균형이 맞질 않아."

"뭐가 이상하다는 거야?"

경호는 창훈의 말에 대꾸하지 않고 계속 생각을 이어 가다가 이

읏고 움직이기 시작했다.

"아무래도 실험을 해 봐야겠어. 애들아, 따라와."

경호는 버스 짐칸에서 농구공을 찾아 꺼내 들었다.

"나의 친구들. 우리 바다로 들어가 보자. 오경일 패거리가 해 본 것을 따라해 보잔 말이야. 그럼 이상한 느낌의 정체를 밝혀낼 수 있을 거야."

"자꾸 뭐가 이상하다는 거야? 그럴 시간에 산속에 들어가서 숨겨 놓은 육포를 찾는 것이 더 낫지 않아?"

"육포를 찾아도 그것을 누가 숨겨 놓았는지 모르잖아. 범인을 찾지 못한다면 이런 일은 계속 일어날 거야."

창훈은 투덜거리면서도 바다로 걷기 시작했다. 윗옷을 벗고 반바지 차림으로 셋은 바닷물로 들어갔다.

"애들이 증언한 대로 해 보자. 영상아, 창훈아, 너희가 저쪽에 같이 서 있어. 나는 반대편에 혼자 있을게."

자리를 잡자 경호는 농구공을 둘을 향해 던졌다. 농구공은 축구공이나 배구공보다 무겁고 커서 던지기 쉽지 않았다.

영상은 물에 떠다니는 공을 주워 다시 경호에게 던졌다. 영상도 경호와 같은 생각이 들었는지 소리쳤다.

"농구공은 바다에서 던지며 놀기에 적당한 공이 아닌 것 같아."

"내 생각도 그래."

경호는 다시 공을 던졌다. 농구공이 바닷물에 붙어 있는 것처럼 무거웠다. 이번에는 창훈이 농구공을 잡아 경호에게 던졌다.

"걔네들은 이걸 하면서 한참을 놀았다고? 바다에서는 공기가 들어 있는 비치볼이 제격이지, 이건 좀 아닌 것 같아."

경호는 다시 공을 잡아 둘에게 던졌다. 몇 번이고 반복할수록 경호는 자신이 가장 힘들어진다는 것을 알았다.

"역시 균형이 맞지 않아."

"무슨 균형을 말하는 거야?"

"너희가 한 번 공을 던질 때, 나는 두 번 던지니까 체력 소모가 크다는 거야. 이번엔 영상이 네가 저쪽으로 가 봐."

영상이 이동하자 셋은 삼각형의 꼭짓점 모양으로 서게 되었다. 그리고 공을 좌우로 주고받았다. 이리저리 공을 보내기 때문에 아까보다 덜 힘들었고, 셋이 마주 보니까 덜 지루했다. 공을 몇 번 주고받고는 경호가 소리쳤다.

"이제 나가자."

해변으로 나와 셋은 물기를 대충 털고 옷을 입었다. 경호가 집게 손가락으로 농구공 돌리기를 시도했다. 공은 손가락 위에서 몇 바퀴 돌더니 모래 위로 떨어졌다.

"오경일 패거리는 왜 불편함을 감수하고 농구공을 사용했을까?"

창훈이 물기가 묻어 있는 금테 안경을 윗옷에 슥슥 닦으며 말했다.

"그야. 배구공은 바람이 빠졌고, 남은 공은 농구공밖에 없으니 그랬겠지."

"좋아. 그건 그렇다고 치고, 왜 오경일은 혼자 체력 소모가 큰 배치를 했을까?"

옷을 다 입은 영상이 머리카락을 손으로 털었다.

"균형이 맞지 않는다는 말이 맞는 것 같아."

"그래, 영상아, 뭔가 이상하지?"

"만약 셋이서 바다에서 공놀이를 한다면 대부분 삼각형 모양으로 설 거야. 그게 균형이 맞거든."

"그렇지. 그럼 왜 오경일 패거리는 균형이 맞지 않는 배치를 했을까?"

"그렇게 해야 하는 이유가 있었겠지."

경호가 갑자기 손뼉을 세 번 쳤다. 무언가 깨달은 표정이었다.

"맞아. 그렇게 할 만한 이유가 있지. 그게 뭘까? 철학 박사, 그 이유를 알겠나?"

또다시 갑자기 시작된 상황극이었지만 영상은 기다렸다는 듯 차렷 자세로 경례를 했다.

"일단 오경일 패거리가 육포를 훔쳐 갔다고 가정해 봤습니다."

"좋다. 계속 말해라."

"알리바이를 만든 것이죠."

창훈은 아직 눈치를 못 챘는지 똥 마려운 강아지처럼 안달했다.

"뭔데? 무슨 알리바이? 궁금해. 빨리 알려 줘."

"어허, 과학 박사는 아직도 눈치를 못 챘는가? 철학 박사가 알려주게나."

"넵! 제가 설명하겠습니다. 사실 바다에는 오경일 패거리가 모두 있었던 것이 아닙니다. 두 명만 있었던 것이죠."

"그렇다. 그럼 한 명은 어디 있었나?"

"버스 위에서 육포를 훔쳤겠죠."

"근데 반 친구들은 분명히 세 명이 있었다고 했는데?"

"한 명은 가짜 허수아비였겠죠. 어두웠기 때문에 다들 눈치를 채지 못했을 겁니다. 아마 나뭇가지를 엮고, 그 위에 옷을 입혔을 겁니다. 어두운 바다에서라면 사람으로 착각할 수 있겠죠. 그리고 셋 중 가장 날렵한 서재원이 육포를 훔쳤을 겁니다. 김경민은 허수아비를 옆에 들고 공놀이를 한 것이죠."

"훌륭해. 이제 이해가 되었는가, 과학 박사?"

창훈이 차렷 자세로 경례를 붙였다.

"이제 이해가 되었습니다. 그렇담 놈의 죄를 낱낱이 밝혀낼 묘책이 제게 있습니다."

"묘책? 그게 뭔가?"

"하하하. 저는 졸업여행을 올 때, 이런저런 과학 장비를 가져왔죠. 그중에 지시약인 BTB 용액이 있습니다."

"그걸로 뭘 하려고?"

"호호호, 그건 제가 알아서 하겠습니다. 탐정님은 무대나 만들어

주시죠."

"좋아. 일단 육포보다 허수아비를 먼저 찾아 보세나. 분명히 먼 해변에다 버렸을 게야."

삼총사는 해변을 걸었다. 저번에 가 봤던 쪽은 백사장만 있으니 허수아비를 숨길 만한 곳이 없을 것 같아서, 바위 지대를 지나 해식 절벽 쪽으로 갔다. 마침 썰물이라 물이 빠진 절벽 아래 동굴이 나타났다. 허수아비는 가장 가까운 동굴 앞에 버려져 있었다.

누가 뭐래도 오경일 패거리가 만든 것임이 확실했다. 가운데 큰 박쥐가 있는 파란색 면 티셔츠가 입혀져 있었는데, 평소 서재원이 입고 다니던 옷이었기 때문이다.

"좋아, 일단 증거는 찾았어. 하지만 오경일이라면 분명 발뺌할 거야. 그리고 누명이라고 우기겠지. 그래서 창훈이 네 역할이 중요한 거야. 묘책이 있다고 했지?"

"그럼! 맡겨만 줘."

셋은 머리를 맞대고 작전을 짠 뒤에, 바위를 밟으면서 조심히 내려갔다.

오후에 경호는 선생님을 비롯한 모든 학생을 모았다. 처음부터 압박감 있는 무거운 분위기를 만들기 위해 경호는 한껏 목소리를 낮추어 육포의 중요성을 먼저 말했다.

"아침에 선생님께서도 말씀하셨지만 육포는 우리 생존에 매우 중요해. 그 식량을 얻기 위해서 영상이는 엉덩이가 뚫리는 부상까지 입었었어."

경일이 지루하다는 듯 과장되게 하품을 하고는 소리쳤다.

"그래서 뭘 얘기하고 싶어서 이렇게 모두 모이게 한 거야?"

경호는 앞에 서 있는 창훈과 영상을 한 번씩 보더니 말했다.

"우리는 학교에서 과학 탐정 삼총사로 불리지."

"과학충 삼총사겠지."

경호가 경일을 매섭게 째려보았다.

"우리는 육포를 훔쳐 간 범인을 찾았어."

경호는 움찔하는 경일의 눈 근육을 보았다. 분명히 범인은 오경일 패거리일 것이다. 한편 범인을 찾았다는 소리에 학생들이 웅성거렸다. 그중 가장 안달이 난 것은 선생님이었다.

"범인을 찾았다고? 누구야? 범인이 누군데?"

경호는 손을 들어 보이며 선생님을 진정시켰다.

"선생님, 범인에게 한 번 기회를 주시죠. 자수할 기회 말이에요."

그러면서 경호는 경일을 계속 노려보았다. 하지만 경일은 금세 진정됐는지 태연한 얼굴을 되찾았다. 선생님은 학생들을 바라보고 크게 소리쳤다.

"그래, 여기 경호 말대로 빨리 자수해라. 그러면 없었던 일로 해 주겠다."

학생들은 서로의 얼굴을 쳐다볼 뿐이었다. 오경일 패거리도 모르쇠로 일관했다.

"좋아. 범인은 자수할 생각이 없는 것 같으니 너희가 말해 봐."

경호는 분위기가 무르익은 것 같아 허수아비로 1차 공격을 실시했다.

"영상아, 우리가 찾은 증거물 가져와."

영상은 버스 바닥에 숨겨 두었던 허수아비를 꺼내 학생들에게 내보였다. 허수아비를 보자 경일이 이를 악물었고, 재원과 경민의 얼굴은 붉게 변해 갔다.

"우리는 이 허수아비를 저편 해식 동굴에서 찾았어. 박쥐가 그려져 있는 이 파란색 티셔츠, 누구 것인지 모두 알겠지?"

학생들은 모두 뒤편에 서 있던 재원을 쳐다보았다. 재원의 얼굴은 붉은빛을 지나 보랏빛으로 변했다. 참다 못한 경일이 소리쳤다.

"아, 존나, 그래서 뭐? 그 허수아비가 육포라도 훔쳤다는 거야?"

경호는 경일의 위협에 굴하지 않고, 추리를 계속 이어갔다.

"어젯밤 너희 모습을 봤다는 학생들의 증언대로 우리가 바다에 들어가서 공놀이를 해 봤어."

경호는 바다에서 공놀이하기에 농구공이 얼마나 불편하고, 삼각형 모양으로 서지 않은 것이 얼마나 부자연스러운지, 그때 재원이 육포를 훔치고 이 허수아비가 바다에서 재원을 대신했을 것이라는 추리를 들려주었다.

재원과 경민은 이제 틀렸다고 생각했는지 고개를 숙인 채 심판을 기다리고 있었다. 하지만 오경일은 아니었다.

"근데? 노는 것은 우리 자유야. 삼각형으로 서든, 사각형으로 서든 우리 마음이라고. 그리고 그 티셔츠는 우리를 모함하려고 누가 훔쳐 간 건지 어떻게 알아?"

경호는 경일의 태도가 짐작에서 전혀 벗어나지 않자 고개를 절레절레 흔들었다.

"경일아. 우리는 3학년 6반이야. 이제 거짓말은 그만하자."

"미친. 내가 매일 나쁜 짓만 한다고 범인으로 몰아세우는 거야? 증거를 내놓으라고. 증거."

경호는 이제 2차 공격을 시작할 때임을 알고 창훈에게 말했다.

"창훈아, 증거를 보여 줘라."

창훈은 자신의 차례가 된 것을 알고 동그란 금테 안경을 벗어 슥 슥 닦고는 단단히 썼다.

"두 번째 증거는 여기 있어."

창훈이 갈색 약병을 높이 들어 보였다.

"이건 BTB 용액이야. 난 졸업여행 오면서 이런저런 과학 실험 도구를 가져왔지. 너희도 BTB 용액이 무엇인지 알 거야. 영상아, 준비해 줘."

창훈의 말에 영상이 은박 도시락 용기 세 개를 땅에 놓고는 물통의 물을 각각 절반 정도 차게 부었다. 창훈은 거기에 BTB 용액을 조금씩 따랐다. 은박 용기 속의 물은 금세 녹색으로 변했다.

"BTB 용액은 지시약으로 산성도를 알려 주지. 이렇게 중성에서는 녹색이고, 신맛이 나는 산성에서는 노란색, 염기성에서는 청색으로 변해. 영상아."

영상은 숙달된 조교처럼 또 다른 물통을 들고 맨 오른쪽의 은박 용기에 물을 조금씩 부었다. 물통에서 나온 탁한 물이 녹색 물에 닿자 마술처럼 청색으로 변했다.

"이 탁한 물은 비눗물이야. 모두 알다시피 비눗물은 NaOH(수산화나트륨)로 염기성을 띠지. 그래서 BTB 용액이 청색으로 변한 거야. 다음."

창훈의 지시에 영상은 빨대를 꺼냈다. 그러고는 크게 숨을 들이 마시더니 두 번째 용기에 넣고 힘껏 불었다. 영상의 볼에 힘이 들어갈 때마다 공기 방울이 보글보글 올라왔다. 몇 번을 반복하자 녹색이었던 물이 노란색으로 서서히 변했다.

"좋아, 충분한 것 같아. 우리가 내뿜는 공기는 이산화탄소야. 이산화탄소가 물에 녹으면 탄산이온이 되지. 탄산 때문에 물이 산성이 되고 그 결과 노란색으로 변한 거야."

눈앞에서 색이 변하는 게 신기한지 다들 초롱초롱한 눈으로 지켜보았다. 분위기가 만들어졌음을 확신한 창훈은 주머니에서 손바닥만 한 육포를 꺼냈다.

"이건 버스 위에 남아 있던 육포야. 실험을 위해서 선생님께 부탁해 받은 거야. 내가 이 육포를 만져 보겠어."

창훈은 손으로 육포를 열심히 주물렀다. 그리고 육포를 다시 주머니에 넣고 마지막 남은 은박 용기에 손을 담갔다.

"자, 모두 잘 봐."

창훈이가 녹색 물에 손을 담그고 몇 번 흔들자 물은 노란색으로 변했다.

"자, 내가 육포를 만진 손을 씻었더니 용액은 노란색으로 변했어. 아까 봤다시피 지금 내 손이 산성이라는 거지. 육포가 발효되면서 젖산 등을 만들었기 때문이야. 영상아, 새로운 그릇을 준비해 줘."

영상은 새로운 은박 용기 두 개를 준비하고는 물과 BTB 용액을 넣었다. 처음과 마찬가지로 녹색 물이 찰랑거렸다.

"이제 반장이 대표로 나와서 이 물에 손을 담아 봐."

예슬은 어리둥절해서 경호를 쳐다봤다. 경호는 예슬을 향하여 몰래 윙크하고는 고개를 살짝 끄덕였다. 예슬이 앞으로 나와 물에 손을 씻었지만 용액의 색 변화는 없었다.

"좋아. 예슬이 넌 육포를 훔친 범인이 아니야. 육포를 만지고 용액에 손을 씻으면 노란색으로 변해야 하거든."

창훈이 고개를 들어 경일을 보았다.

"오경일, 자신 있으면 나와서 손을 닦아 보시지?"

경일은 바닥에 다리가 붙은 것처럼 꿈쩍하지 않았다. 쥐고 있는 주먹만이 부르르 떨고 있었다.

선생님은 그제야 범인이 잡혔다고 생각했는지 경일에게 달려가 멱살을 잡았다.

"이놈의 새끼! 네가 범인이었어?"

경일은 선생님의 말에 대답하지 못했다. 선생님은 진짜로 화가 났는지 경일의 뺨을 때렸다. 경일은 그대로 바닥에 쓰러졌다.

"모두 힘을 합쳐서 여기서 나갈 생각을 해야지. 오히려 방해를 해?"

경일도 화가 났는지 화산이 폭발하는 것처럼 자리에서 벌떡 일어섰다.

"에이, 씨발! 도저히 못 참아."

흥분한 경일을 모두 보고만 있었다. 경일은 버스로 뛰어가더니 양주병을 꺼내 왔다. 경일의 다음 행동은 아무도 예측하지 못했다. 경일은 양주병을 버스 출입문 쪽으로 힘껏 던졌다.

쨍그랑.

양주병이 산산조각 났다. 알코올 냄새가 확 올라왔다. 그새 경일의 오른손에는 라이터가 들려 있었다. 이제야 경일이 무엇을 하려는지 알 것 같았다. 모두의 임시 거처인 버스를 불태우려는 것이었다.

"그래, 3학년 6반에서 나쁜 놈은 나 하나지."

다급해진 선생님이 경일을 진정시켰다.

"잠깐, 경일아, 진정해."

"진정? 하하하, 맞아요. 제가 육포를 훔쳤어요. 이제 속 시원하시겠어요, 선생님. 하하하."

"일단 라이터 내려놔. 그리고 대화로 풀자. 육포는 원래 없었던 것으로 하마."

"다 필요 없어요. 섬이든 바깥이든 다 신물 난다고요."

"경일아, 너만 그런 것이 아니야. 모두 다 힘들어한다고. 하지만 살아서 돌아가려고 모두 힘을 합쳐서 노력하는 거야."

"웃기지 마세요. 우리는 제외잖아요. 언제나 범죄자 보는 눈으로 우리를 봤어요. 저 삼총사 놈들도 육포가 없어지자마자 우리를 범인으로 찍고 조사했잖아요."

예슬이 참을 수 없었던지 앞으로 나섰다.

"헛소리 작작해. 네가 한 행동을 생각해 봐. 학교에서 너 때문에 고통받은 애들이 얼마나 많은지 알아? 그리고 저기 삼총사야말로 모두에게 무시당했지만 여기서 먼저 나서서 일을 해결하고 친구들

과 협동하니까 모두 좋아하게 된 거잖아."

잠자코 라이터를 들고 있는 경일의 손이 부르르 떨렸다. 눈동자가 이리저리 흔들렸다. 경민과 재원도 어쩌지 못하고 경일만 바라보고 있었다. 둘은 경일의 결정을 따를 터였다. 그때 경일의 뒤편으로 건희가 조심조심 다가갔다. 건희가 라이터를 뺏을 수 있도록 선생님은 경일의 주의를 끌었다.

"너뿐만 아니야! 선생님도 학교에서 무시당했잖아. 하지만 결국 나 스스로 만든 거였지. 너도 스스로를 그렇게 만들어 가는 거야. 마음을 바로잡고 먼저 친구들에게 다가가 봐."

그때 건희가 몸을 날려 경일의 손을 붙잡았다. 경일은 갑작스레 닥친 공격에 뇌보다 몸이 먼저 반응했다. 무릎으로 건희 배를 강타했고, 건희가 고통에 팔을 놓자 다시 라이터에 불을 켰다. 그리고 말릴 틈도 없이 버스에 불을 붙였다.

버스 옆면부터 불이 확 피어올랐다. 경일은 활활 타는 버스를 놀란 눈으로 쳐다보더니 산속으로 도망쳐 버렸다. 그 뒤를 재원과 경민이 따랐다. 학생들도 불길에 놀라서 바닷가로 우르르 피신했다.

버스는 베이스캠프로 이곳에선 집이나 마찬가지였다. 집이 불타고 있다. 앞으로 날씨가 추워진다면 버스 없이는 생존이 거의 불가능했다. 그때 선생님이 다급하게 외쳤다.

"소화기 어디 있지?"

소화기는 운전석 옆에 비치되어 있었다. 하지만 불길이 버스 출

입문을 막고 있었다. 선생님은 버스로 뛰어 들어갈 기세였다. 경호는 선생님의 팔을 잡았다.

"선생님, 위험해요. 빨리 버스에서 멀리 피해야 해요. 버스가 폭발할지도 몰라요."

"야, 인마. 이거 놔. 버스가 불타 버리면 우리도 죽는 거야."

"알아요. 하지만 선생님께 문제가 생기면 우리는 어떡하라고요?"

선생님은 어디서 그런 힘이 났는지 경호를 세차게 뿌리치고 불길이 타오르는 버스 속으로 뛰어올라 갔다.

바다 저편 하늘에서 검정색 먹구름이 몰려오고 있었다. 검은 구름 사이로 번쩍거리는 번개가 보였다. 삼총사와 예슬은 부쩍 차가워진 바람을 맞으며 하늘을 보고 있었다. 창훈이 손가락으로 구름을 가리켰다.

"비를 품은 바람이 불고 있어. 이제 곧 큰비가 내릴 거야."

경호는 앞쪽 반이 불타 버린 버스를 보았다.

"그래도 다행이야. 선생님의 빠른 판단으로 버스가 다 타 버리는 건 막았잖아. 일단 비는 피할 수 있을 거야."

다행히 버스 뒤쪽은 멀쩡했다. 선생님은 불길을 뚫고 들어가 소화기로 불길을 잡았다. 그때 뜨거워진 버스 출입문에 팔뚝이 닿으면서 꽤 넓은 화상을 입었다. 2차 감염을 우려해 남은 소독약을 모두 상처 부위에 뿌리고 천막에 누워 있었다. 고통이 상당할 텐데 선생님은 이를 악물고 참았다.

빗방울이 하나둘 떨어지면서 모래를 적셨다. 걱정했던 것처럼 비는 곧 폭우로 바뀌어 하늘에 구멍이 난 듯이 쏟아 부었다.

예슬은 학생들을 이끌어 꼭 필요한 짐을 정리하고 버스 뒤쪽으로 피신했다. 천막도 장대비를 막기에는 역부족이었는데 선생님은 한사코 버스로 들어가길 거부했다. 삼총사도 고집 부리는 선생님 옆에 자리를 잡았다. 비가 와서 날씨가 싸늘하게 느껴졌다. 경호는 선생님에게 담요를 덮어 주었다.

"선생님, 안으로 들어가셔야죠. 화상도 입었는데 감기라도 걸리면 어쩌려고 그러세요."

선생님은 팔의 통증 때문인지 미간을 찡그렸다.

"모두 안 다치고 잘 피한 것 맞지?"

"네, 버스가 다 타 버렸으면 큰일 날 뻔했어요. 이렇게 비가 많이 올지 몰랐네요. 선생님도 어서 올라가세요. 맨 뒷자리를 비워 놓았으니 누워서 주무세요."

비바람이 천막 안으로 들이쳐 간간이 얼굴을 때렸다.

"시원해서 그런다. 안 그래도 분위기가 어두울 텐데 선생님이 아프다고 징징대면 다들 더 괴롭지 않겠냐."

삼총사는 이곳에 온 뒤로 선생님에게 계속해서 놀랐다. 학교에서는 모든 일을 대충 하는 교사라고만 생각했는데, 지금 눈앞에 있는 이 사람은 누구일까. 경호는 분위기를 바꾸려고 짐짓 호들갑스럽게 말했다.

"얘들아, 선생님 대단하지 않냐? 불길로 뛰어들다니."

창훈과 영상도 한마디씩 거들었다.

"저는 이제부터 선생님을 존경하기로 했어요."

"난 장래 희망을 선생님으로 바꿨다니까."

삼총사의 말에 선생님은 피식 미소를 지었다.

"이 녀석들, 너희 같은 놈들을 매일 본다고 생각해 봐라. 교사가 얼마나 힘든 직업인 줄 알아?"

"아무튼요. 선생님 다시 봤어요."

삼총사는 선생님을 향해 엄지를 척 올려 보였다.

"너희야말로 다시 봤다. 학교에서 화장실이나 뒤지고 다닐 때는 정말 귀찮기만 했는데, 여기서 친구들을 먼저 생각하고 희생하는 너희 모습에 내가 많이 배웠다. 너희 셋 우정 변치 마라. 친구란 참 좋은 거니까."

"당연하죠. 근데 창훈이 너 아까 연기 잘하더라."

창훈은 금테 안경을 벗어 옷으로 닦았다. 옷이 비에 젖어 안경이 오히려 지저분해지는 것 같았다.

"하하하, 내가 생각해도 난 천재인 것 같아. 오경일이 결국 내 술수에 걸려든 거지."

선생님은 술수라는 말에 놀라서 창훈에게 집중했다.

"사실 오경일 패거리의 허수아비를 찾긴 했지만 자기들 입으로 고백하지 않는다면 소용없잖아요. 그래서 꾀를 냈죠. 육포는 원래 중성이에요. 육포 때문이 아니라 제가 미리 산성 액체를 손에 바르고 있었기 때문에 용액이 노란색으로 변한 거죠. 경호가 허수아비로 분위기를 유도한 뒤에, 정말 과학적 증거를 찾는 것처럼 영상이와 실험하는 척한 거예요. 오경일은 육포를 훔쳐 먹었으니까, 용액에 손을 넣지 못한 거고요."

"대단하구나. 너희 셋이 나중에 탐정 사무소를 세워 봐."

"하하하, 그럴까요? 창훈 탐정 사무소 어때?"

영상이 창훈에게 헤드록을 걸었다.

"왜 네 이름을 붙이는 거야? 당연히 영상 탐정 사무소지."

"어허, 대장은 나라고."

선생님은 삼총사를 바라보며 웃다가, 경일이 도망간 산속을 지긋이 바라보았다.

"이놈들은 이 큰비를 어디서 피하고나 있을까?"

육포를 훔쳐 먹은 것도 모자라 버스를 저렇게 만든 오경일 패거리를 걱정하는 선생님이 삼총사는 선뜻 이해되지 않았다. 창훈이 퉁명스러운 어조로 말했다.

"그놈들을 뭐하러 걱정하세요. 저 버스를 보라고요. 여기가 아무리 아열대 지방이라고 해도 곧 가을로 접어들 것 같은데 이제 우리 살길을 찾아야 한다고요."

경호도 옆에서 거들었다.

"맞아요. 탈출구를 찾지 못한다면 이제 나무를 베어서 통나무집이라도 지어야 할 판이라고요."

둘의 불평에도 선생님은 미소를 지어 보였다.

"이놈들아, 선생님은 담임이잖아. 우리 3학년 6반의 부모 같은 존재라고. 안 아픈 손가락이 어디 있겠어."

그래도 삼총사는 이해할 수 없다는 듯 고개를 저었다.

"어차피 겨울이 오면 버스에서도 살 수 없어. 그러니 경일이가 돌아오면 우리 모두 용서하자."

선생님은 몸을 일으켜 자리에 앉았다. 화상 입은 팔을 가슴으로 안고 강하게 인상을 썼다.

"선생님이 너희에게 부탁하마. 아마 모든 아이들이 경일이를 용서하지 못할 거야. 하지만 삼총사 너희가 나선다면 이야기가 달라지지. 이제 아이들은 너희를 믿고 따르기 시작했어. 너희의 용감하고 따뜻한 마음 때문일 거야."

그나마 가장 생각이 성숙한 영상이 말을 꺼냈다.

"선생님은 경일이 때문에 저렇게 화상을 입고도 용서하신다잖아. 우리도 경일이를 이해하려고 해 보자."

선생님이 영상의 머리를 쓰다듬었다.

"영상이는 별명이 철학 박사라면서? 고맙다, 선생님 마음을 이해해 줘서."

창훈이 발끈했다.

"또 너만 잘난 척하기냐? 선생님, 저도 용서하려고 마음을 먹고 있었어요."

"하하하, 그래 과학 박사."

경호가 벌떡 일어섰다.

"선생님, 어차피 이 둘은 힘이 없어요. 반장 송예슬은 제가 설득하겠습니다. 그럼 모든 여학생들을 설득하는 거나 마찬가지예요."

창훈이 재빨리 일어나 경호에게 헤드록을 걸었다.

"이게 예슬이랑 사귄다고 자랑하네."

선생님도 삼총사도 한참을 그렇게 웃었다.

강한 비가 내린 지 두 시간이 지났지만 잦아들 기미가 보이지 않았다. 설상가상으로 기온이 뚝 떨어졌다. 예상보다 빠르게 계절이 가을로 접어들고 있는 모양이었다. 그칠 줄 모르는 비에 시냇물은 어느덧 휘몰아치는 협곡으로 바뀌었다. 냇물은 흙탕물이 되어 바다로 무섭게 쏟아져 들어갔다. 먹을 물도 얼마 준비해 놓지 않아서 빨리 비가 그치지 않는다면 힘든 날이 닥쳐올 것이다.

천막 바로 옆은 강처럼 변했다. 선생님과 삼총사는 무심히 흘러가는 흙탕물을 바라보고 있었다. 그때 선생님이 무엇을 발견했는지 손가락으로 가리켰다.

"얘들아, 저게 뭐지?"

물살에 언뜻 보이는 것은 자동차 바퀴였다. 그리고 텐트와 코펠

등 이런저런 캠핑 물품도 떠내려가고 있었다. 선생님은 아픔도 잊었는지 담요를 박차고 일어서 흐르는 물 옆으로 갔다.

"얘들아, 저 물건들 봐 봐. 이 섬에 누군가 있었나 봐."

삼총사도 선생님 옆으로 가서 섰다.

"맞아요, 선생님. 저희도 저번에 산속에서 땅을 파다가 생활 쓰레기를 본 적 있어요. 우리처럼 이 섬으로 오게 된 사람들 같아요."

"그렇구나. 이 섬에 우리 말고도 사람들이 있었다……"

"저 물건들도 산속에 묻어 뒀는데, 큰비로 쓸려 내려온 것 같아요."

흘러가는 물건들을 바라보던 선생님의 얼굴에 점점 미소가 떠올랐다.

"그 사람들이 죽었다면 물건들을 굳이 숨기지 않았을 거야. 그 사람들은 분명히 다시 돌아가는 탈출구를 발견했어."

선생님은 주변을 둘러보더니 긴 막대를 주워 와서 흘러가던 물건을 하나 건졌다. 긴 밧줄이었다.

"흐흐흐, 탈출구가 있단 말이지? 그 사람들은 이 밧줄을 이용해서 탈출했을 수도 있겠다. 유용하게 쓰일 거야."

그때였다. 산속에서 재원이 뛰어내려오는 게 보였다. 온몸은 비로 푹 젖었고 거의 진흙 범벅이었다. 재원은 울고 있었다.

"선생님, 도와주세요. 경호야, 도와줘."

선생님은 재원을 부축해서 자신이 누워 있던 자리에 눕혔다. 재원은 겁먹은 얼굴로 벌벌 떨고 있었다.

"재원아, 무슨 일이야?"

"비, 비 때문에 냇물이 크게 불어났어요. 경일이가 진흙에 미끄러져 계곡으로 떨어졌어요."

"뭐! 그래서!"

"보이지는 않았지만 크게 불러 봤더니 대답 소리가 들리긴 했어요. 낭떠러지 밑 어딘가 걸려 있나 봐요."

그때 언제부터 곁에 와서 듣고 있었는지 예슬이 뒤에서 소리쳤다.

"너희가 무슨 염치로 도와달래!"

모두 예슬을 쳐다보았다. 예슬의 눈에는 원망의 빛이 가득했다.

"선생님 팔을 봐. 그리고 저 버스를 보라고. 그런데 구해 달라고? 또 누구를 위험에 빠뜨리려고!"

경호는 재빨리 일어서 예슬의 어깨를 잡았다.

"예슬아, 너답지 않게 왜 그래?"

경호를 바라보는 예슬의 눈이 그렁그렁했다.

"가지 마, 경호야. 저 강물 센 것 좀 보라고."

경호는 예슬의 양손을 살며시 잡고 일부러 밝게 말했다.

"예슬아, 쟤들에게도 마지막 갱생의 기회를 줘야지. 걱정하지 마. 우리는 삼총사잖아."

예슬이 경호의 어깨 너머로 삼총사를 보자 영상은 팔에 힘을 주어 이두박근을 보여 주었다. 창훈은 자신의 머리만 믿으라는 듯 검지로 톡톡 쳤다. 예슬의 입가에 미소가 떠올랐다.

"좋아. 그럼 나도 갈게."

경호는 고개를 저었다.

"안 돼. 예슬이 넌 남아서 학생들을 이끌어야지. 중심점이 없다면 학생들은 금방 혼란에 빠질 거야."

예슬도 고개를 저었다.

"예슬아. 저기 애들 좀 봐."

학생들은 버스 창문에서 몸을 내밀고 이쪽을 보고 있었다. 모두 걱정스러운 표정이었다.

"네가 여기를 지켜야 해."

그때 용준이 버스에서 나왔다.

"내가 예슬이 대신 갈게. 나도 부반장으로서 힘을 보태고 싶어."

경호는 허락을 구하려고 선생님을 보았다. 선생님은 벌써 강물에서 건진 밧줄을 비롯하여 이런저런 준비물을 챙겨 왔다.

"예슬아, 그렇게 하자. 선생님이 있으니 걱정하지 말고 너는 여기서 반장 역할을 해 줘."

"……네, 알겠어요. 경호야, 조심해야 해."

경호는 고개를 끄덕이고 재원을 돌아보며 말했다.

"드디어 3학년 6반 반장님의 허락이 떨어지셨다. 이제 너희도 나쁜 생각 그만하고 착한 학생들로 돌아오도록 해라."

재원은 고개를 연신 끄덕였다.

창훈은 버스에서 가방을 챙겼고, 영상은 버스 트렁크에서 도구 상자를 챙겼다. 경호는 버스에서 휴대용 랜턴과 식수를 챙겼다. 하늘이 돕는지 비가 서서히 그치고 있었다. 학생들의 배웅을 받으며, 삼총사와 선생님, 용준과 재원은 숲속으로 출발했다.

시냇물은 크게 불어 있었다. 거의 강처럼 보일 지경이었고 검은 물살은 기세 좋게 주변의 풀들을 삼켰다. 아마 물에 빠지면 그대로 휩쓸려 목숨이 위험할 것이다. 숲속으로 올라갈수록 물은 계곡을 이뤘고, 물살도 점점 무섭게 거세졌다.

한 시간쯤 올라갔을 때, 산속에 혼자 남아 있던 경민이 손을 흔들었다. 비를 맞고 추위에 떨어서 많이 지쳐 있었다.

경민은 선생님의 왼팔에 감긴 하얀 붕대를 보고 고개를 떨궜다. 선생님은 말없이 경민의 머리를 쓰다듬었고, 경민은 굵은 눈물을 하염없이 쏟아냈다. 선생님은 자세를 낮추어 계곡 아래쪽으로 소리쳤다.

"경일아~ 오경일~"

선생님의 목소리는 계곡을 울리고 메아리가 되어 다시 돌아왔다. 몇 번을 불러도 경일은 대답이 없었다.

"경민아, 경일이가 왜 대답이 없지?"

"이상하다, 선생님 오시기 전까지는 대답 소리가 들렸었는데요."

이번에는 경호가 계곡에 대고 소리쳤다.

"오경일~ 선생님이 불러서 대답이 없냐? 너도 부끄러움을 알긴

하는구나.”

그래도 아무 대답이 없자 선생님은 다시 계곡에 대고 소리쳤다.

“야, 인마. 잘못했으면 잘못을 인정하고 용서를 구해야지.”

재원과 경민도 거들었다.

“경일아. 빨리 대답해.”

“선생님이 용서해 주신대, 어서 대답해!”

경일이 그제야 용기를 냈는지 소리쳤다.

[여기 있어요. 선생님.]

울고 있었는지 경일의 목소리가 떨렸다.

“알았다. 거기 상황이 어떠냐?”

[떨어지면서 나무에 걸렸는데 절벽 한쪽에 동굴처럼 공간이 있어서 거기로 대피했어요.]

“거기서 강물까지 높이가 얼마나 되니?”

[1m 정도 돼요. 하지만 물살이 너무 세서 강으로는 탈출이 불가능해요.]

“알았다. 거기 잘 숨어 있어 봐.”

[죄송해요, 선생님.]

“일단 구하면 보자. 혼날 줄 알아. 각오하고 있어.”

선생님은 삼총사를 보며 말했다.

“경호야, 아까 선생님이 건진 밧줄 있지? 그걸 꺼내 봐.”

밧줄은 오래되어 보였지만 원체 튼튼했는지 한쪽을 나무에 묶고 여럿이 당겨도 끄떡없었다. 선생님은 나무에서 밧줄을 풀고는 계곡 반대편을 보았다.

"그런데 계곡의 높이는 얼마나 될까?"

창훈이 손가락으로 반대편 절벽을 가리켰다.

"족히 7m는 되지 않겠어요?"

선생님도 반대편 절벽을 보더니 고개를 끄덕였다.

"좋아, 선생님이 내려갈 테니 밧줄을 잘 부탁한다."

그때 창훈이 선생님에게서 밧줄을 낚아챘다.

"선생님, 여기서 제일 가벼운 것은 저라고요. 선생님은 위에서 지휘해 주시죠."

경호도 거들었다.

"창훈이 말이 맞아요. 선생님은 여기서 우리를 지휘해 주셔야죠. 혹시 우리끼리 마음이 맞지 않아 다툼이 일어나면 어떡해요?"

선생님은 잠시 학생들을 번갈아 가며 보았다.

"좋아. 내가 매듭을 단단히 묶는 법을 알려 주지."

선생님은 밧줄을 창훈이의 바지 벨트 넣는 곳에 끼워 넣고는 옭 매듭♦으로 단단히 묶었다.

"창훈아, 내려가면 경일이에게도 이런 식으로 묶어야 해. 안 그러면 매듭이 풀려 큰일 날 수도 있어."

♦ **옭매듭** 고를 내지 않고 마구 옭아 맨 매듭

"걱정 붙들어 매세요. 확실히 기억했어요."

선생님은 버스에서 가져온 휴대용 랜턴을 창훈의 손에 쥐어 주었다.

"아까 경일이가 동굴 같다고 했으니 이걸 가져가."

창훈이 천천히 절벽에 매달리자 선생님을 비롯한 다섯 명은 밧줄을 서서히 내렸다. 절벽 끝부분 돌에 쓸려 밧줄이 끊어지지 않도록 미끄러운 플라스틱을 덧댔다. 다행히 창훈의 몸이 가벼워 쉽게 내릴 수 있었다.

아래쪽에서 창훈의 목소리가 올라왔다.

[스톱! 스톱!]

창훈이 안전하게 내린 것 같았다. 경호가 계곡 아래로 소리쳤다.

"창훈아! 잘 내렸어?"

[어, 여기는 안전해. 경일이도 마찬가지고. 근데 이상해. 여기 자연적 동굴이 아닌 것 같아. 인위적인 느낌이 들어.]

경호가 놀라서 소리쳤다.

"뭐라고? 그럼 누가 만들었다는 거야?"

[잠깐 기다려 봐. 좀 조사해 볼게.]

창훈의 '인위적이다'라는 말에 모두 심장이 뛰기 시작했다. 생활 쓰레기의 주인이 거기서 살았을까? 혹시 탈출구가 아닐까? 창훈이 조사하는 잠깐이 천년만년처럼 길게 느껴졌다.

잠시 후 다급한 창훈의 목소리가 들렸다.

[여기 동굴 안쪽에 철문이 있어요! 여긴 무인도가 아니란 말입니다!]

창훈의 설명에 따르면, 동굴 안쪽으로 랜턴을 비추니 철문이 하나 있고, 단단해 보이는 자물쇠 세 개가 채워져 있다고 했다. 철문 뒤에는 무엇이 있을까? 드디어 섬을 탈출할 기회가 온 걸까?

6장

수수께끼가
있다면
풀어 주는 것이
인지상정

비가 그치고 하루가 지나자 계곡 물살은 약해졌다. 버스에서 휴식을 취한 삼총사와 선생님 그리고 경일은 함께 미지의 철문이 있는 곳으로 다시 떠났다. 여러 사람의 도움으로 살아 돌아온 경일은 빠르게 자신의 잘못을 회개했다. 선생님이 시원하게 용서하니 금방 생기를 찾고 삼총사에게도 친한 척 따라다녀 귀찮을 정도였다.

계곡의 낮은 곳에서 밧줄을 단단히 묶고 물살을 헤치면서 한 명씩 차례로 동굴 아래쪽으로 갔다. 창훈이 얘기한 대로 철문에는 커다란 자물쇠 세 개가 달려 있었다. 오랜 세월의 흔적인지 자물쇠 위에는 먼지가 두텁게 쌓여 있었다.

자물쇠는 셋 다 비밀번호를 돌려서 맞추는 방식이었다. 첫 번째 자물쇠는 숫자 네 자리를, 두 번째 자물쇠는 알파벳 네 자리를, 세 번째 자물쇠는 숫자 여덟 자리를 맞춰야 했다. 비밀번호가 있다면 그것을 풀기 위한 단서도 있을 거라는 생각에 랜턴을 비추며 곳곳을 살폈다.

철문을 덮은 두터운 먼지를 손으로 걷어 내자 송곳으로 긁어 새
긴 듯한 장문의 글이 나타났다. 경호가 이를 발견하고 소리쳤다.

"오, 여기 보세요!"

모두 앞으로 모여들었다. 경호가 목소리를 깔고 철문에 쓰인 글
을 천천히 읽었다.

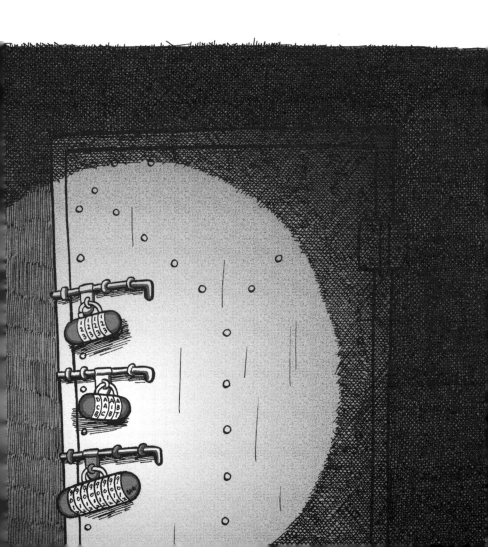

여기는 지구의 어떤 섬이다. 공간적으로는 미국 동부 버뮤다 삼각 지대 정도이고, 시간적 시기는 알 수 없다. 1988년 나와 우리 일행은 강원도 진고개를 넘어가던 중, 사고로 낭떠러지에 떨어졌는데 깨어 보니 이 섬이었다. 우리 일행은 시공간을 이동한 것임을 깨닫고, 다시 나가는 곳을 찾아다녔다.

그래, 바로 여기다. 이곳으로 들어가면 다시 살던 세계로 돌아갈 수 있다. 하지만 탈출은 쉽지 않다. 우리 일행은 다섯 명이었는데 탈출하는 동안 두 명이 목숨을 잃었다. 위험성 때문에 우리 일행은 현실로 돌아가기 전에 이곳을 폐쇄하기로 하였다. 이 글을 읽는 사람이 있다면 섬에서 계속 자유롭게 살아가기를 권한다. 하지만 자물쇠 비밀번호 힌트는 남겨 두겠다. 마지막으로 다시 한번 생각하고 문을 열길 바란다.

경호가 글을 다 읽자 잠시 침묵이 흘렀다. 졸업여행 중에 알 수 없는 이유로 이 섬에 온 것이 현실로 와 닿았기 때문이었다. 시공간을 이동해서 이 섬으로 왔고, 이제 겨우 집으로 돌아갈 수 있는 실마리를 찾았는데 철문에 가로막히다니. 창훈은 철문을 더듬으며 자물쇠를 풀 힌트를 찾았다.

"오, 여기 자물쇠 비밀번호 힌트가 있다. 잘하면 여기를 빠져나갈 수 있겠어."

첫 번째 자물쇠 힌트는 알 수 없는 선이 아주 여러 겹 반복되는 모습이었다. 창훈은 손으로 미지의 선을 더듬었다.

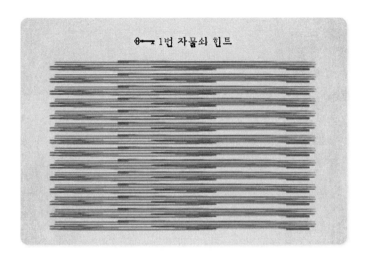

"이 알 수 없는 선들이 네 자리 숫자를 알려 주는 힌트라는 거지. 과연 뭘까?"

경일이 뒤에서 말했다.

"선의 개수가 아닐까?"

창훈은 곧바로 고개를 저었다.

"비밀번호는 네 자리 숫자인데 얼핏 봐도 선의 개수가 천 자리는 아니잖아. 일단 다음 힌트를 보자."

창훈은 두 번째 자물쇠 힌트를 랜턴으로 비췄다. 이번 힌트도 한 눈에는 알 수 없었지만 숫자와 알파벳이 섞여 있었다.

$- f(x) = x + 3$

- XQLJFZ KRJYBO

- 1326

"첫 번째보다는 좀 더 쉬워 보이네."

창훈은 다시 랜턴을 움직여서 세 번째 힌트를 비췄다.

구청 앞뜰에서 불꽃놀이를 한다.
구청 가서 빨리 놀아 볼까?

"잠깐, 이 암호는 바로 풀 수 있을 것 같은데."

창훈이 돌아보며 소리쳤다.

"3번 자물쇠는 비밀번호가 길었던 것 같은데 몇 자리였지?"

영상이 재빨리 3번 자물쇠를 확인했다.

"여덟 자리 숫자야."

창훈은 턱을 괸 채 잠시 철문에 쓰인 힌트를 주시했다. 동공이
커졌다 작아졌다 하며 뭔가 골똘히 생각하고 있었다.

이윽고 창훈이 동그란 금테 안경을 벗어 윗옷으로 슥슥 문질렀다. 자신감이 넘칠 때 나오는 행동이었다. 창훈이 안경을 깊숙이 쓰고는 선생님을 바라봤다.

"선생님, 일단 3번 자물쇠는 열 수 있을 것 같아요. 그리고 우리가 힘을 합쳐 곰곰이 생각하면 모든 자물쇠를 열 수 있을 겁니다. 어떡할까요?"

선생님은 팔짱을 끼고 생각에 잠겼다. 대답 없는 선생님이 답답했는지 경일이 나섰다.

"얌마. 당연히 열어야지. 집에 갈 수 있다는데."

경일은 창훈을 보고 말했지만, 경호가 대신 대답했다.

"그렇게 간단한 일이 아니야. 처음에는 다섯 명이었는데 여기를 통과하면서 두 명이 죽었다고 했어. 무언가 위험이 도사리고 있는 거야. 그래서 처음 지나갔던 사람들도 폐쇄를 결정하고 철문을 만든 것이고."

선생님은 마음의 결정을 했는지 팔짱을 풀었다.

"이미 통과한 사람들은 성인이었고, 매우 똑똑한 사람들이었던 것 같아. 그런데도 일행의 반이 죽고 말았지. 이 문을 열고 들어간다면 우리는 반 이상 희생될지도 몰라. 아니, 한 명이라도 희생된다면 밖으로 나간다 해도 우린 비난과 자책을 벗어날 수 없을 거야."

선생님은 학생들의 눈을 차례차례 맞추고는 눈을 감으라고 했다.

"너희 생각을 듣고 싶다. 여기서 암호를 풀고 나가야 한다고 생각하는 사람은 조용히 오른손을 들어라."

"……."

"좋아, 모두 손을 들었다. 여기를 나가야 하는 이유를 한 가지씩 말해 보자."

경일이 촐싹대는 말투로 냉큼 대답했다.

"선생님, 저는 여기서 새로 태어났습니다. 이제 사회에 이로운 사람이 되어 봐야 하지 않겠어요?"

장난같이 들릴 수도 있었지만 경호는 그것이 경일의 진심이라는 걸 알 수 있었다. 경호는 경일에게 엄지를 들어 보이고 말했다.

"여기 있어도 위험한 건 마찬가지예요. 저번에는 운 좋게 멧돼지를 사냥했지만 30명의 식량을 계속 구하기란 쉽지 않을 겁니다. 그리고……"

경호는 예슬의 얼굴을 떠올렸다. 섬에서 예슬을 사랑하게 되었고, 사랑하는 사람이 고통스러워 하는 것을 보고 싶지 않았다. 경호가 말을 잇지 못하자 영상이 이를 알아채고는 대신 대답했다.

"그리고 날씨가 추워지고 있잖아요. 맞지, 경호야?"

경호는 고개를 끄덕이고는 영상에게 어깨동무했다. 다음으로 창훈이 암호를 손으로 가리키며 거리낌 없이 말했다.

"그냥 암호를 풀고 싶어요. 수수께끼가 있다면 풀어 주는 것이 인지상정. 저 안에 어떤 위험이 있다고 해도 우리 과학 탐정 삼총사는 해결할 수 있습니다. 선생님, 걱정 붙들어 매세요."

창훈의 장담에 선생님의 얼굴에도 미소가 어렸다.

"좋아. 나도 두 번째 힌트를 조금은 알 것 같아. 그럼 우리 모두 힘을 합쳐 현실로 돌아가 보자. 창훈이가 먼저 세 번째 비밀번호를 풀어 봐라."

창훈이 의기양양하게 앞으로 나섰다. 그러고는 랜턴으로 다시 철문을 비췄다.

"좋습니다. 그럼 제가 먼저 무대에 오르겠습니다. 경호야, 내 별명이 뭐지?"

경호는 주저 없이 대답했다.

"과학 박사지."

"맞아, 전 다른 공부는 몰라도 과학 공부만은 항상 열심히 했어요. 그렇다 보니 이 힌트를 보자마자 과학의 불꽃 반응이 생각났어요."

창훈은 손가락으로 암호 윗줄에 밑줄을 그었다.

"불꽃놀이의 다양한 색깔은 다양한 원소들의 불꽃 반응을 이용하는 겁니다. 얼마 전 과학 시간에 불꽃 반응 실험을 했죠. 그럼 문제를 내겠습니다. 실험에서 빨간색으로 불탔던 원소는 무엇일까요?"

다들 생각날 듯 말 듯한 표정을 지었다. 아마 시험 직전이 아니라면 자세하게 기억하는 학생은 거의 없을 것이다.

"수업 시간에 모두 잤니? 기억나는 불꽃 반응 색깔 있어?"

창훈의 질문에 영상이 손을 들었다.

"나트륨의 불꽃 반응 색은 기억나지. 노란색."

"오호, 기억하는구나. 좋아. 그럼 이야기가 쉽겠군."

창훈은 이번엔 암호의 아랫줄에 손가락으로 밑줄을 그었다.

"여기 '구청 가서 빨리 놀아 볼까?'는 불꽃 반응 색이 아닐까 합니다. '구청'은 구리 청색, '빨리'는 빨간색 리튬, '놀아'는 노란색 나트륨, '볼까'는 보라색 칼륨을 뜻하는 것이죠. 하하하."

불꽃 반응 색깔은 알아냈지만 자물쇠의 비밀번호는 숫자 여덟 자리였다. 선생님이 창훈에게 물었다.

"근데 창훈아. 이 불꽃 반응 색깔들이 어떻게 숫자로 바뀌지?"

"그건 원소들의 번호예요. 과학 선생님은 원자 번호 1번부터 20번까지 외우게 하시거든요. 노래로 쉽게 외우는 방법을 알려 줬죠."

창훈은 〈반짝반짝 작은별〉 가락에 맞춰 이상한 가사로 노래를 불렀다.

"흐헤리베붕탄질산나마알씨인황염아칼카~◆ 구리는 정확치 않지만 분명히 20번 대였고요. 리튬은 03, 나트륨은 11, 칼륨은 19입니다. 그러니까 여덟 자리 비밀번호는 2□031119인 것이죠."

창훈은 세 번째 자물쇠에 가서 비밀번호를 맞추었다. 그리고 모르는 두 번째 비밀번호를 1부터 천천히 돌렸다. 9에 이르자 철컥

◆ 흐헤리베붕탄질산나마알씨인황염아칼카　흐(H)헤(He)리(Li)베(Be)붕(B)탄(C)질(N)산(O)나(Na)마(Mg)알(Al)씨(Si)인(P)황(S)염(Cl)아(Ar)칼(K)카(Ca)

소리를 내며 자물쇠가 열렸다.

"열렸다."

모두 환호성을 질렀다.

"역시, 과학 박사. 잘했다."

"뭐 이 정도야. 구리 원자 번호가 29번이었네요."

선생님은 창훈의 어깨를 가볍게 두들겼다.

"잘했다. 다음은 두 번째 자물쇠를 보자."

선생님은 두 번째 비밀번호 힌트를 손으로 가리켰다.

"선생님이 수학쌤이잖냐. $f(x)=x+3$. 이건 간단한 함수야. 원래 x에는 숫자를 넣어야 하지만 아마 이 암호에는 알파벳을 넣는 걸 거야."

선생님은 나뭇가지로 흙바닥에 알파벳을 A부터 Z까지 썼다. 그러고는 나뭇가지로 A를 가리켰다.

"수식에 A를 넣는다면 $f(A)=A+3$이 되지."

선생님은 알파벳을 가리키면서 설명을 이어 갔다.

"A에서 3을 더하면, 세 칸 뒤 알파벳인 D가 되는 거지."

경호는 직감적으로 선생님이 설명하는 암호가 맞다는 것을 알 수 있었다.

"오, 선생님 생각이 맞는 것 같아요."

"그럼 암호를 풀어 볼까?"

선생님은 아랫줄에 새로운 알파벳을 썼다.

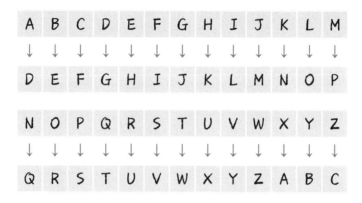

"함수를 이용하면 알파벳을 이렇게 변환할 수 있어. 그렇다면 암호 XQLJFZ KRJYBO는 어디 보자."

선생님은 암호 알파벳에 대응되는 알파벳을 하나씩 땅에 썼다.

ATOMIC NUMBER

"아토믹 넘버. 원자 번호! 맞게 푼 걸까?"

무작위로 쓰여 있는 알파벳 XQLJFZ KRJYBO가 의미 있는 ATOMIC NUMBER로 바뀌었다. 이런 우연은 없다. 정답일 수밖에 없는 것이다.

경호는 선생님을 향해 양손 엄지를 들어 보였다.

"오, 정확해요. 선생님도 우리 탐정단에 들어오셔야 할 것 같네요."

선생님은 헛기침을 했다.

"으흠…… 그건 사양하마."

"그래도 여기서 탈출하면 생각해 보세요. 그럼 원자 번호라."

경호가 창훈을 보았다.

"과학 박사. 원자 번호라고 하는데 뭐가 보이는가?"

경호의 말에 창훈은 두 번째 자물쇠를 보았다. 비밀번호는 네 자리 영문자였다.

"힌트 1326는 원자 번호로 볼 수 있을 것 같아요. 그런데 지금까지 알려진 원자 번호는 109번까지니까 1326은 원자가 아니에요. 1, 3, 2, 6 하나씩 끊어서 읽는다면 1번은 수소 H, 3번은 리튬 Li, 2번은 헬륨 He, 6번은 탄소 C예요. 이 알파벳을 모두 연결하면 HLIHEC로 네 자리 알파벳 비밀번호로 맞지 않아요. 1과 326으로 끊어 읽어도 답이 안 돼요. 326번 원자는 없으니까요. 132와 6으로 끊어도 132번 원자가 없어요. 그러므로 정답은 두 개씩 끊어 읽는 겁니다. 13번, 26번이 되는 것이죠. 13번은 알루미늄 Al인데요. 26번 원소 이름을 알아야 할 텐데……"

창훈은 오른손 주먹으로 자신의 왼손 바닥을 때렸다. 아쉬운지 입맛을 다셨다.

"과학 선생님이 30번까지 외우면서 자랑했었는데. 그때 저도 외워 둘 걸 아쉽네요. 아! 어쩌면 용준이는 외우고 있을지도 모르겠다. 용준이는 전교 1등에 암기왕이잖아. 선생님이 외우라고 했으면 분명히 외웠을 거야."

"내가 용준이에게 갔다 올게."

경일이었다. 계속 조용히 보고 있기만 하던 경일은 대체 뭐가 신나는지 얼굴에 생기가 돌고 있었다.

"난 여기 있어도 무슨 말 하는지 하나도 모르겠어. 뭐라도 해야지."

모두 선생님을 바라보자, 선생님이 고개를 끄덕였다.

"좋아. 조심해서 내려가고 여기를 곧 탈출할 테니까 학생들에게 짐을 싸 놓으라고 해."

경일은 자신의 가슴을 탕탕 치면서 걱정 말라고 하며 해변으로 출발했다. 이제 사실상 첫 번째 자물쇠만 남았다. 하지만 기하학적 무늬는 전혀 숫자로 변환되어 보이지 않았다.

두 시간쯤이 지나 경일이 돌아왔다. 경일은 용준이 적어 주었다며 쪽지를 보여 주었다. 거기에는 원자 번호 21번부터 30번까지 적혀 있었다.

창훈은 재빨리 쪽지를 보더니 자물쇠를 돌렸다.

"선생님, 26번 원자는 철이었어요. 'Fe' 그러니까 비밀번호는 ALFE가 되는 거죠."

창훈이가 알파벳을 맞춰 돌리자 철컥 소리가 났다. 세 개의 자물쇠 중에서 두 개가 풀린 것이다. 이제 남은 자물쇠는 단 하나. 하지만 첫 번째 자물쇠의 비밀번호를 알아내기가 쉽지가 않았다.

삼총사를 비롯하여 선생님, 오경일은 여러 가지 생각을 해 봤지만 기하학적 무늬 같은 암호의 의미는 전혀 짐작이 가지 않았다.

모두가 지쳐 가고 있을 때쯤 화가 났는지 경일이 철문을 발로 한 번 차고는 등을 기대고 그 자리에 주저앉았다.

"암호를 알려 주려면 쉽게 알려 줘야지. 이게 뭐야?"

경일이 불만을 터뜨렸지만 모두 지쳐 있었기 때문에 모른 척했다. 영상을 제외한 모두 포기했는지 흘러가는 강물만 쳐다볼 뿐이었다. 영상은 특유의 인내심으로 랜턴을 계속 첫 번째 자물쇠 힌트에 비추고 있었다. 경일은 풀리지도 않는 암호를 계속 들여다보고 있는 영상을 올려다보았다.

"영상아, 포기해. 우리를 놀리려는 수작인 거야."

"난 포기를 모르는 남자. 끝까지 해 보겠어."

영상에게 한마디 더 하려던 찰나, 경일의 동작이 멈췄다.

"잠깐! 보인다. 숫자가 보인다고."

경일의 외침에 다들 스프링처럼 튕겨 올라와 철문 앞으로 모였다. 경일은 고개를 잔뜩 꺾고 무늬를 비스듬히 보면서 더듬더듬 숫자를 말했다.

"사…… 일…… 구…… 오. 맞아. 암호는 4195야. 여기 옆에서 비스듬히 보세요. 이건 기하학적 무늬 같은 게 아니라 숫자를 길게 늘려 쓴 거였어!"

경일의 말대로 비스듬히 보자 정말 4195가 보였다. 선생님이 첫 번째 자물쇠 암호를 돌려 맞췄다.

철커덕.

드디어 모든 자물쇠가 풀렸다. 선생님은 철문에 달린 손잡이를 돌렸다. 그리고 힘을 주었다.

철문은 끼익 소리를 내며 움직였다.

그리고 마치 땅굴 깊은 곳의 참호처럼 긴 복도가 나타났다. 복도에서는 퀴퀴한 곰팡이 냄새가 났고 침침한 백열등이 드문드문 켜져 있었는데, 끝이 보이지 않았다.

복도를 따라가자 끝에 또다시 철문이 나타났다. 곧 탈출한다는 생각에 흥분한 오경일이 철문을 힘껏 밀었다. 철문을 열고 안으로 들어가자 거실만 한 공간이 나왔고 왼편, 오른편, 정면에 문이 하나씩 달려 있었다.

"뭐야. 언제까지 문이 나오는 거야?"

경일은 정면의 문부터 열려고 다가갔다. 경호가 경일에게 소리쳤다.

"멈춰!"

경일이 제자리에 멈췄다.

"왜? 빨리 나가야지."

"천천히 가도 늦지 않아. 선생님도 잠시만 모여 보세요."

삼총사, 선생님, 경일은 거실 같은 공간 한가운데 모였다.

"아까 동굴 입구 철문에 뭐라고 쓰여 있었지?"

눈치 빠른 창훈은 경호의 의도를 금방 알아챘다.

"오, 맞아. 분명 일행 중 두 명이 희생되었다고 했어. 저 문을 함부로 열어서 죽었을지도 모르지."

창훈의 말에 경일의 눈 근육이 꿈틀했다. 성급한 성격 때문에 죽었을지도 모른다는 상상을 했을 것이다. 선생님은 주위를 한 번 둘러보고 말했다.

"이 공간의 문들을 누가 만든 걸까?"

선생님은 혼잣말을 했지만 창훈이 대꾸했다.

"아마 첫 번째 탈출한 사람이 만들지 않았을까요? 입구는 자연 동굴 같았어요. 나가는 길도 자연 동굴이었을 텐데 일부러 이런 공간을 만든 것 같아요."

영상은 천장 모서리에서 흐린 빛을 내는 전구를 보고 있었다.

"이 전구의 수명은 무한대일까? 언제부터 켜 있었고, 에너지 공급원은 어디지?"

영상의 말대로 이 공간은 여러 가지로 의문투성이였다. 하지만 그런 의문보다 탈출이 먼저였다. 경호가 입을 뗐다.

"일단 여기까지 온 이상, 문을 열고 들어가 보자고. 문을 열고 사람이 죽었다면 여기 문 주위에 시체나 핏자국이 있어야 하는데 깨끗하잖아. 문을 여는 데는 문제가 없을 것 같아."

"그럼 어떤 문을 먼저 열어 볼까?"

"여기 오른쪽부터 돌아가면서 열어 보자."

오른편 철문 앞에서 모두가 문을 열기 두려워하자 선생님이 앞장서 문손잡이를 잡고 돌렸다.

끼이익~

철문은 비명이라도 지르듯 요란한 소리를 내며 열렸다. 또다시 어두운 복도가 나왔다. 하지만 이번엔 백열등이 아니라 야광으로 빛나는 녹색등이 복도를 밝히고 있었다. 어슴푸레한 복도를 따라 선생님이 앞서 가려 했지만 경호가 막았다.

"선생님은 그동안 너무 고생하셨어요. 이제 저희에게 맡겨 주세요. 여기는 가장 신중한 영상이가 앞장서면 어떨까요?"

선생님은 말없이 삼총사를 바라봤다. 섬에 와서 이들에게 정말 많은 것을 배웠다.

"좋아. 여기는 양보하마."

그 말에 영상이 곧장 랜턴을 켜며 앞으로 나섰다.

"그럼 천천히 저를 따라오세요."

영상은 주위를 샅샅이 살피며 앞으로 나아갔다. 지나치게 신중했다. 바닥에 엎드려 냄새를 맡고, 벽을 계속 손으로 짚어 확인했다.

한 10m쯤 갔을까? 영상이 다급하게 소리쳤다.

"스톱! 멈춰요. 낭떠러지예요."

복도에 드문드문 붙어 있는 낮은 녹색 전등이 사각지대를 형성하는 바람에 낭떠러지가 보이지 않던 것이다.

"영상이 아니었으면 큰일 날 뻔했다."

"뭐야. 도대체 얼마나 깊은 거야."

경일이 자신의 벨트를 풀어 낭떠러지로 떨어뜨리려고 하자 창훈이 막았다.

"경일아, 잠시만."

창훈은 자신의 휴대폰을 켜고 초시계 어플리케이션을 작동시켰다. 그리고 경일에게 신호를 내렸다. 벨트는 2초 정도 후에 바닥에 도달했는지 텅 소리를 냈다. 창훈이 잠시 암산을 하는가 싶더니 말했다.

"떨어지는 시간만으로 깊이를 측정할 수 있어. 등가속도 운동방정식을 사용하면 깊이는 $h=\frac{1}{2}gt^2$야. 시간이 2초 걸렸으니 여기 낭떠러지의 깊이는 약 19.6m가 될 거야."

삼총사는 창훈의 능력을 많이 보아 온 터라 아무 느낌이 없었지만 선생님과 경일은 눈이 휘둥그레졌다.

"넌 도대체 정체가 뭐야? 내가 육포 훔쳐 간 것도 이상한 용액으로 찾아내더니."

"진짜 과학 박사답다."

창훈은 오랜만에 칭찬을 들어서 그런지 금테 안경을 벗어 윗옷으로 닦았다.

"지구의 모든 것은 과학으로 통합니다, 선생님. 경일이 너도 이제부터라도 과학 공부 열심히 해 봐. 아주 쓸모가 많거든."

경호가 다시 탈출구를 찾고자 주위를 환기시켰다.

"자, 선생님, 애들아. 그렇다면 여기는 밖으로 나가는 길이 아니야. 두 번째 문으로 들어가 보자고."

일행은 처음 들어왔던 거실 같은 공간으로 돌아가 정면의 철문 손잡이를 돌렸다.

끼기긱~

철문이 열리자 다시 작은 공간이 나왔고, 반대편에는 들어온 철문의 세 배 정도 되는 큰 철문이 있었다. 이 철문에는 손잡이가 없었다.

"선생님, 모두 이 문을 밀어 봐요."

다섯은 문에 어깨를 붙이고 온몸으로 힘껏 밀었다. 하지만 철문은 꿈적도 하지 않았다.

"다시 힘을 내 보자. 하나, 둘, 셋!"

다섯은 힘을 소진해 거친 숨을 몰아 쉬었다.

"선생님, 여기도 아닌가 봐요."

"그래, 마지막 방으로 가 보자."

하나 남은 왼편 철문 손잡이를 돌렸다. 여기가 마지막 희망이었다. 반대편에 다시 철문이 버티고 있었고, 문에는 자물쇠가 달려 있었다. 처음 들어왔을 때처럼 암호를 해독하면 문을 열 수 있으리라는 기쁨에 모두 반대편 문으로 뛰어갔다.

철문에 달려 있는 자물쇠는 두 개로, 1번 자물쇠의 비밀번호는 네 자리 알파벳이었고, 2번 자물쇠는 네 자리 숫자였다.

철문에는 역시 비밀번호 힌트도 적혀 있었다. 창훈이 철문의 먼지를 털면서 비밀번호 힌트를 찬찬히 읽었다.

⊶ 1번 자물쇠 힌트
- 아인슈타인의 위대한 연구

"아인슈타인의 위대한 연구라고? 하하하."

철문에 있던 힌트를 읽던 창훈이 웃음을 터트렸다. 비밀번호를 알아낸 것이 분명했다.

"이 정도를 문제라고 내다니. 이 1번 자물쇠는 금방 열겠네요. 선생님, 아인슈타인 하면 생각나는 공식이 뭐예요?"

"$E=mc^2$ 아니야?"

"맞아요, 질량-에너지 등가의 법칙입니다. E는 에너지이고 m은 질량. c는 광속이니 무려 초속 30만km예요. 우라늄 1그램이 석탄 9톤의 에너지를 낸다는 것 들어 보셨지요?"

"그래서 비밀번호가 뭔데?"

"자물쇠 비밀번호는 영어 네 자리. 바로 EMC^2가 되겠죠?"

"마지막은 숫자인데 어떻게 영어가 되지?"

"발음이 같은 영어 알파벳이 있잖아요. 2=E."

마음 급한 경일이 1번 자물쇠를 돌려 비밀번호를 맞췄다.

철커덕.

창훈의 예상대로 1번 자물쇠가 열렸다. 창훈은 만족스런 미소를 짓고는 철문의 먼지를 문질러 2번 자물쇠 비밀번호 힌트를 읽었다.

╍ 2번 자물쇠 힌트
- 초코파이에서 초코의 함량은?
(난센스)

"이건 또 뭐야?"

여태 과학적 내용이 일관되게 나온 것에 비하면 이 문제는 황당했다. 난센스라고 쓰여 있는 것으로 보아 진짜 초코의 함량을 구하는 문제는 아닐 것이다.

모두 난감해 하고 있는데 경일만이 무언가 계속 생각하고 있었다. 경호가 경일의 어깨를 두들겼다.

"경일아, 뭐 생각나는 것이라도 있어?"

경일은 퍼뜩 정신이 든 것처럼 경호를 보았다.

"내가 이 문제를 인터넷 어디선가 본 것 같아. 뭐더라. 분명히 분수가 나오고 초코라는 글자를 지운 것 같은데."

경일의 말에 창훈이 힌트를 얻었는지 수첩을 꺼내 공식을 쓰기 시작했다.

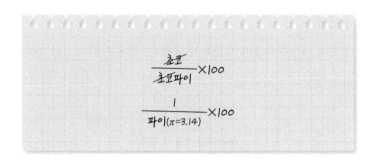

$$\frac{초코}{초코파이} \times 100$$

$$\frac{1}{파이(\pi=3.14)} \times 100$$

"31.847…… 비밀번호는 숫자 네 자리이니 반올림하면 3185!"

다시 경일이 2번 자물쇠의 비밀번호를 돌렸다.

철커덕.

드디어 자물쇠를 모두 열었다. 경일이 만세를 불렀다.

"열렸다! 이제 집에 간다! 나도 탈출에 꽤 도움이 됐어, 맞지?"

선생님도 경일을 칭찬했다.

"초코파이 함량도 그렇고, 동굴 들어올 때 1번 자물쇠 비밀번호도 알아냈고. 뭣보다 니가 이 동굴을 처음 발견했잖아."

"맞아요, 선생님. 하하하. 그럼 문을 열어 볼까요?"

"그래. 하지만 조심히 열어라."

경일은 철문 손잡이를 돌려 천천히 문을 잡아당겼다. 드디어 우리가 떠나온 곳으로 다시 돌아갈 수 있을까?

끼~ 익~

철문이 내지르는 비명 소리가 지옥의 요괴 목소리처럼 불길했다. 철문 밖에 버티고 있는 것은, 바위였다.

바위뿐이었다. 그 외에는 아무것도 없었다. 바위에는 꽤 긴 글이 쓰여 있었다. 이곳을 만든 사람이 문을 연 사람에게 보내는 메시지였다. 경일이 글을 큰 소리로 읽었다.

> 당신이 누구인지는 모르지만 이 글을 읽는다는 것은 시공간을 이동해서 이 섬에 들어왔고, 탈출을 위해 내가 만든 비밀번호를 모두 알아냈다는 것이다.
> 당신은 탈출을 위해 노력했겠지만 여기까지다. 이제 탈출은 끝났다. 안타깝지만 여기서 죽음을 맞이해야겠다.
> 이미 알고 있을지도 모르겠지만 이 방에서 나가는 문은 손잡이가 없다.

그제야 들어왔던 철문을 보았는데, 철문은 그새 닫혀 있었고 손잡이가 없었다. 창훈이 달려가 철문을 열려고 했지만 열 수가 없었다. 당길 손잡이도 없고, 밀어 봐야 꼼짝도 하지 않았다.

"선생님, 애들아, 손잡이가 없어. 진짜 나갈 수가 없어."

"일단 진정하자. 경일아, 나머지 글을 계속 읽어 봐라."

경일은 선생님의 지시대로 바위에 쓰인 글을 마저 읽기 시작했다.

우리 일행도 우연한 사고로 이 섬에 들어오고 탈출하게 됐지만 시공간을 이동한다는 것은 그 자체로 문제가 있다고 본다. 이 원리를 알아낸다면 곧 타임머신이 되는 것이다. 난 사람들을 믿을 수 없다. 타임머신이 악용될 거라고 확신한다. 그래서 이곳을 폐쇄하는 동시에, 혹시 다시 알아내는 사람이 있을까 봐 함정을 만들었다.

그래서 처음 들어오는 철문부터 자물쇠를 달았다. 그리고 비밀번호 힌트를 과학에 관한 것으로 했다. 여기까지 도착해 이 글을 읽는 당신이라면 과학적으로 상당한 경지에 있다고 추측된다. 그런 과학자들이라면 시공간 이동에 관해 더욱 알아내려 들겠지. 당신이 그렇든 안 그렇든 단 1%의 위험성도 감수할 수 없다.

그대로 이 방에서 죽어 주길 바란다. 실제 탈출로는 가운데 방이었다. 물론 드넓은 문은 꿈쩍도 하지 않았겠지만.

글 읽기를 마친 경일이 돌아보며 말했다.

"이게 뭐야? 이제 끝이라고?"

그래도 나갈 희망을 가지고 모두 곳곳을 뒤졌다. 벽, 바닥, 천장에 랜턴을 비춰 가며 혹시 모를 비밀 통로를 찾았지만 없었다. 쥐새끼가 나갈 작은 구멍조차 없었다. 이제 이 함정을 꾸민 사람의 의도대로 여기서 굶어 죽을 수밖에 없는 것이다.

예슬은 조급한 마음에 버스 주위를 서성거렸다. 해는 이미 산으로 넘어가고 달이 떠올랐건만 탈출구를 찾으러 간 일행은 돌아올 기미가 없었다. 잠깐 오경일이 와서는 곧 탈출할 수 있으니 짐을 싸 놓으라고 했을 뿐이다.

예슬은 친구들에게 돌아갈 준비를 시켜 놓고 기다리고 있었는데, 이 시간까지 오지 않으니 걱정이 되었다. 하늘의 달을 보니 엄마 아빠 얼굴이 나타났다. 이 섬으로 들어와서 정확히 얼마나 시간이 흘렀을까? 소매로 눈물을 훔치고 다시 달을 보았다. 이번에는 경호 얼굴이 떠올랐다. 섬에 들어와서 경호에게 큰 빚을 졌다. 이상하게도 그때부터 경호만 보면 가슴이 뛰기 시작했다. 이게 사랑이란 걸까. 사실은 탈출구를 찾으러 간 일행을 걱정하는 것이 아니라 경호를 걱정하는 것인지도 모른다.

바닷바람이 쌀쌀했다. 몸을 움츠려 손으로 양팔을 감쌌다. 처음 섬에 도착했을 때는 시원한 정도였는데 이제 반팔로 밤을 보낼 수 없을 지경이다. 하지만 예슬은 부모님과 경호 생각에 버스로 들어가지 못했다. 그렇게 서성이며 밤을 새고 바다에서 태양이 떠오르는 걸 봤다.

예슬은 일행에게 문제가 생겼음을 직감하고 찾으러 가기로 마음 먹었다. 버스에 오르자 학생들은 고요하게 잠들어 있었다.

"얘들아. 3학년 6반! 모두 일어나!"

학생들은 눈을 비비며 하나둘 일어났다. 좁은 버스 좌석에서 다닥다닥 붙어 잔 탓에, 다들 몸을 뒤틀며 기지개를 폈다. 예슬은 급한 마음에 거두절미하고 결론을 말했다.

"큰일이야. 선생님 일행이 밤새 돌아오지 않았어. 우리가 찾으러 가자."

걱정스러운 표정으로 용준이 말했다.

"어제 오경일이 왔을 때는 거의 탈출구를 찾았다고 했잖아. 아직 돌아오지 않은 이유가 뭘까?"

예슬이 바로 대답했다.

"탈출구에서 문제가 생겼겠지. 혹시 우리 도움을 기다리고 있을지도 몰라. 빨리 찾아가 보자."

"탈출구에서 위험에 빠졌다면 우리도 위험해질 수 있어."

위험이란 말에 학생들이 동요했다.

"저 위에 올라간 선생님과 삼총사를 생각해 봐. 그동안 우리를 먹이기 위해 멧돼지를 사냥하고 산으로 바다로 다녔잖아. 이제 우리가 도울 차례야."

예슬의 말에 재원과 경민이 일어섰다.

"경일이 자식은 문제가 많긴 하지만, 우리 친구야. 우리도 갈래."

"동굴 위치는 내가 알고 있어."

다른 학생들도 하나둘 자리를 털고 일어났다.

"가 보자고."

학생들은 합심해서 산으로 올라갔다. 누군가 넘어지면 옆에서 바로 일으켜 세웠고, 물을 건널 때는 서로의 손을 꽉 잡았다. 두 시간에 걸친 등산 끝에 드디어 동굴에 도착했다. 하지만 누구 하나 나서서 동굴로 발을 들여놓지 못했다. 철문에는 다섯 명 중에서 두 명이 희생되었다고 쓰여 있었다. 먼저 간 일행이 철문 안으로 들어갔지만 여태 나오지 못하는 것은 분명 화를 입었기 때문이 아닐까. 학생들은 이러지도 저러지도 못한 채 철문 앞에 모여 있었다.

경호는 눈을 번쩍 떴다. 섬에 온 것도, 함정에 갇힌 것도 모두 꿈일지도 몰랐다. 희망을 갖고 고개를 돌렸지만 선생님과 삼총사 친구들, 경일이 누워 있었다. 아침부터 먹은 것이 전혀 없고, 혹시 모를 탈출로를 찾느라 마지막 에너지까지 써 버려서 움직일 힘도 없었다.

깊은 잠을 자고 일어났으니 하룻밤이 지났을 것이다. 몸에 힘이 들어가지 않았다. 그냥 말없이 누워만 있고 싶었다. 하지만 예외는 있었으니, 경일만은 아직 힘이 남아 있는 모양이었다. 경일은 자리에서 일어서 또다시 철문을 밀기도 하고 바위를 밀어 보기도 했다.

"여기 갇힌 지 얼마나 지났을까?"

사방이 막힌 밀실에 있었기 때문에 시간 감각이 없었다. 영상이 힘 빠진 목소리로 대답했다.

"자고 일어났으니 아침이겠지."

경일은 지치지 않고 이런저런 이야기를 했다. 자기가 여태 괴롭

혔던 친구들 이름을 불러 보기도 했다. 삼총사는 계속 떠드는 경일이 귀찮았지만, 그래도 번갈아 가며 대꾸를 했다. 왜냐하면 경일이라도 떠들지 않으면 정말 죽음을 받아들여야 할 것 같아서였다.

몇 시간이 지났을까? 경일은 이제 더 이상 할 말조차 없는지 노래를 시작했다.

"선생님, 삼총사야. 내가 노래는 좀 하는 편이야. 들어 봐. 내가 제일 좋아하는 노래야. 제목은 〈거위의 꿈〉."

경일은 노래는 서서 불러야 잘 나온다며 자리에서 일어났다. 그리고 기침으로 목을 가다듬고는 큰 소리로 노래를 시작했다.

난 난 꿈이 있었죠.

버려지고 찢겨 남루하여도

내 가슴 깊숙이 보물과 같이

간직했던 꿈

혹 때론 누군가가 뜻 모를 비웃음

내 등 뒤에 흘릴 때도

난 참아야 했죠. 참을 수 있었죠.

그날을 위해

늘 걱정하듯 말하죠.

헛된 꿈은 독이라고
세상은 끝이 정해진 책처럼
이미 돌이킬 수 없는
현실이라고

그래요. 난 난 꿈이 있어요.
그 꿈을 믿어요.
나를 지켜봐요.
저 차갑게 서 있는 운명이란 벽 앞에
당당히 마주칠 수 있어요.

언젠가 나 그 벽을 넘고서
저 하늘을 높이 날을 수 있어요.
이 무거운 세상도 나를 묶을 순 없죠.
내 삶의 끝에서
나 웃을 그날을 함께해요.

경호의 가슴에 가사 하나하나가 와서 박혔다. 꿈. 있지. 하지만 꿈을 펼쳐 보지도 못하고 여기서 잠들어야……

그때였다. 손잡이가 없는 문이 끼이익 소리를 내면서 서서히 열렸다. 손가락 하나 움직이기 힘들었지만 선생님과 삼총사는 스프링 튕기듯 일어서 문으로 갔다. 조금 열린 틈으로 손을 넣고 철문을 잡아당겼다. 그 앞에는 동그란 눈을 크게 뜬 예슬이 있었다. 그리고 3학년 6반 모든 학생들.

"노랫소리가 들려서 찾을 수 있었어."

경호가 왈칵 울음을 터뜨리며 예슬을 껴안았다. 예슬도 덩달아 울었고, 경일도 재원과 경민을 부둥켜안고 울었다. 나머지 학생들도 선생님을 둘러싸고 엉엉 울었다.

선생님과 학생들은 진짜 탈출구라고 했던 가운데 방으로 갔다. 모두 다닥다닥 붙어서 철문 쪽으로 온몸을 밀었다. 31명의 힘이 모이자 철옹성은 움직였다. 미세하게 벌어진 문틈으

로 하얀 빛이 새어 들어왔다. 다른 세상의 빛이었다.

빛을 보면 달려드는 벌레들처럼 본능적인 힘이 솟았다. 하얀 빛이 모두를 흡수하듯이 감쌌다. 밝은 빛에 눈을 질끈 감았다.

뉴스 특보를 말씀드립니다. A중학교 졸업여행 중에 실종된 3학년 6반 학생 30명과 담임교사 1명을 모두 찾았다는 기쁜 소식입니다. 어제 설악산을 목적지로 진고개를 넘던 버스 한 대가 마주 오는 스포츠카를 피해 가드레일을 뚫고 낭떠러지로 떨어졌습니다. 곧바로 수색대가 투입되었으나 버스 잔해조차 발견되지 않았고, 버스 운전기사만 중태 상태로 발견되었습니다. 오늘 아침 수색이 재개되어 깊은 산속에서 기절해 있는 전원을 발견하고는 가까운 병원으로 옮겨 치료하고 있습니다. 담임교사가 화상을 입은 것 외에 학생들은 영양실조와 탈수 증세만 있을 뿐 생명에는 지장이 없다고 합니다.

한편 깨어난 학생들은 시공간을 이동해서 일주일 이상을 생활했다고 증언하고 있습니다. 전문가들은 큰 사고로 인한 집단 환각 증세로 보고 규명 중에 있습니다. 그럼 병원에 나가 있는 전조협 기자를 불러 보겠습니다.

세상 누구도 이들이 경험한 이야기를 믿지 않았다. 하지만 이들도 우리를 믿어 달라고 말하지는 않았다. 믿지 않는다고 없는 일이 되지는 않는다. 3학년 6반 한 명 한 명은 모두 졸업여행을 떠나기 전과는 다른 사람이 되었다.

매일 그랬던 것처럼 이들은 학교로 돌아왔다. 쳇바퀴처럼 돌아가는 일상이었지만 이전과는 달랐다. 복도에서부터 에너지 넘치는 담임 선생님의 목소리가 들려왔다.

"안녕! 친구들! 조례 시작한다. 교실로 들어가자."

학생들이 자신의 자리를 향하여 우당탕 움직였다. 교탁 앞에 선 선생님은 교실을 한번 둘러보았다. 빈자리에 눈길이 멎었다.

"저기 빈자리는 누구지?"

오경일의 자리였다. 경일은 가수가 되겠다고 텔레비전 오디션 프로그램에 나갔다. 첫 경연에서 경일은 조난 이야기를 꺼냈고, 그동안 나쁜 짓을 한 것에 대하여 3학년 6반 모두에게 공개 사과를 했다.

"선생님, 경일이요. 오늘부터 일주일간 오디션 본선 합숙 들어간다고 하던데요."

"그게 오늘이었냐? 좋아. 다음 주부터 고등학교 원서를 쓰기 시작한다. 누구는 대학을 가기 위해 일반고로 진학할 테고, 누구는 자신의 재능을 펼치고자 전문계 고등학교로 진학할 거다. 세상은 우리가 겪었던 일들을 믿지 않지만 우리는 분명 어려움을 극복했다. 그걸 기억하면, 어디서든 무엇이든 해낼 수 있을 거다."

경호는 뒤쪽에 앉아서 교실 풍경을 찬찬히 둘러보았다. 선생님

말을 듣는 둥 마는 둥 섀도복싱을 하고 있는 영상이. 영상은 다시 복싱을 해 보겠다고 마음먹었다. 전국 대회 금메달을 따겠다고 했다. 그리고 창훈이. 동그란 금테 안경을 낀 채 아침부터 두꺼운 과학 전공 서적을 보고 있다. 영락없는 과학자 모습이었다. 하지만 창훈의 꿈은 과학자가 아니라 탐정이다. 다만 그 모든 문제 해결의 열쇠는 과학이라며 과학 공부에 열을 올렸다.

경호는 두 친구를 보며 웃다가 뒤를 돌아본 예슬과 눈이 마주쳤다. 예슬이 생긋 웃었다. 공부를 잘하는 예슬은 외고에 진학한다고 했다. 경호도 같이 가고 싶었다. 그래서 늦은 감이 있지만 공부에 박차를 가하고 있다.

경호는 졸업여행을 겪으며 모두가 성장해 전과 다른 사람이 된 것처럼 느꼈다. 한편으로는 다들 자기 속에 있던 무언가를 비로소 끄집어낸 것처럼 보이기도 했다. 허물을 벗어던지고 '진짜 나'로 돌아온 거라고.

모든 것을 빨아들이는 블랙홀과 모든 것을 내보내는 화이트홀은 사실 한몸일지도 모른다.